本王女仙我最大!!
芙蓉仙傳
竹某人◎作
MO子◎繪

芙蓉

因天地靈氣而生的崑崙女仙，受眾神寵愛。她個性活潑愛撒嬌，有時很少根筋，所以常在煉丹時炸了丹爐、煉藥時煉出毒藥，成功率奇低且破壞力驚人的後果（曾炸過瑤池金殿、天宮九龍池、東華臺偏殿）讓自己欠下大筆的修繕費用，被仙界巨頭們密謀踢下凡，以歷練之名工作抵債。

李崇禮

當朝的五皇子，封寧王。他處事淡然低調，對朝廷事沒興趣，對皇位沒有執念，在宮廷中和母親賢妃是弱勢的存在。他是宮中發生詛咒事件的受害人之一，因前世積善積德，今世應該享福一世安穩，故助他渡劫被九天玄女説成是簡單任務。

東王公

仙界東方蓬萊仙島的主人，居於東華臺，統率紫府以及所有男仙，上司是玉皇，並與地府主事者有深厚的關係。沒人能從他淡然的微笑下知道他在想什麼，興趣是無聲的出現在熱鬧場合中，觀看旁人發現他時的反應。對待芙蓉，似乎帶點莫名情感。

芙蓉仙傳

打工女仙我最大！

人物介紹

塗山

修行達千年的九尾狐，外貌姣好妖媚，由於某種原因，長居於後宮賢妃的宮殿中，且十分用心的保護賢妃及李崇禮的安全，在仙界及地府有不錯的人脈。他毫不排斥化形為女人，似乎還很樂在其中，時常把後宮的宮鬥情節當戲看，有時會作弄看不順眼的後宮妃子。目前喜歡上逗弄芙蓉和調戲潼兒。

潼兒

原是東華臺服侍東王公的仙童，未來紫府的後補勞動力，目前被派到芙蓉身邊，處於侍童、玩伴、出氣筒、好姐妹等等的角色。本以為芙蓉下凡後他能有一段平安日子，但事與願違的被東王公派了下凡，開始他欲哭無淚的凡間生活。

三人合一仙尊

打工女仙我最大！

目錄

——她才不是
炸爐怪客！

仙界東方的蓬萊仙島上聳立一座座高峰，每一座山峰上都建有不同的洞府或是宮殿，裡面住著許多仙人，這些仙人都是聽令於一個人的話。

那人就蓬萊仙島最高峰上的東華臺主人東王公，男仙之首的他平日就待在蓬萊仙島上的紫府或是他的居處東華臺，玉皇或是天尊們沒有要事要他辦的話，他從不會主動離開蓬萊仙島跑到天宮那邊自尋煩惱。

就像西王母待在崑崙仙山攬著她的女仙們天天種桃子、開宴會一樣，東王公在自己的地盤天天下棋看風景，過得也很寫意。

不過，東華臺最近不時總會發出一些打破寧靜的慘叫聲。

說時遲那時快，在東華臺西側偏殿一處又傳出驚人的爆炸聲。

正在主殿中一個人擺棋陣的東王公輕輕嘆了一口氣，他站起身擺一擺手，讓棋盤和棋子自行收拾起來，才負手慢慢朝發生騷動的偏殿走去。

不需要走到發生意外的偏殿範圍，他已經看到有很多當差的仙童膽怯的向冒著黑煙的地方張望，但看來看去就是沒人有膽子往災區探問，你推我讓了一番後仍是沒有結果。拿不定主意的仙童們看到東王公親自來到便立即退了開去，把路讓了出來。

頭上頂著華冠、身上穿著九色雲袍的東王公連手都不用擺一下，偏殿冒出的黑煙就散了一大半，他停步在偏殿的階梯前，嘴角噙著一道似笑非笑的弧度等著偏殿中闖禍的人發現他。

這是他的嗜好，也是他的惡興味。他老愛不出聲的看那些手底下的仙人需要多久才發現他站在那裡，他這個喜好經常被玉皇說是浪費時間，但是作為仙人，有的就是時間不是嗎？

有人說天上一日地上一年，其實那都是騙人的，天上地上的時間還不是一樣這麼過！真要說的話，在仙界過日子若沒有打發時間的好方法，那比在地上還難過了。

濃煙散去，兩抹和黑煙一樣顏色的影子在一個呈圓形狀的殘骸旁邊發生爭執。

說是爭執有點不正確，因為剛剛這兩人已經由對罵的架式變成單方面的低姿態哀求了。

一名不應該出現在蓬萊仙島上的女仙一丁點氣質都沒有的雙手扠著腰，腳丫子毫不留情的踩在另外一個身材比她略微矮小的仙童身上，被踩在腳下的仙童一臉的悲催，可惜他無力反抗，只得屈服在女仙的腳下。

「我的好姐姐，算潼兒求求妳做好心，不要再向道德天尊借煉丹爐玩了，再多炸幾個，天尊也會被妳氣得發瘋的！」臉上有著被爆炸燻黑了的汙漬，仙童兩眼泛著淚光的看向踩著他的凶手，對方正皺眉看著身邊的圓形殘骸一臉愁容，根本就沒注意自己踩著他似的。

「天尊大人才沒有那麼小氣，而且他明知道我會把爐炸掉，所以每次都給我次等貨玩。明明用高級貨成功率才會高的嘛！」

「天尊就是知道給姐姐妳用什麼貨色都只有一個下場嘛！」女仙腳下的仙童欲哭無淚了，他發誓他一早已經勸過了，煉丹從來不是易事，那些充滿靈氣的天材地寶是一股腦兒扔進丹爐裡煉的嗎？這種煉法能成功還要不爆炸，那才出奇呀！

可憐他這個小小的仙童連逃走說不的機會都沒有，主子說要煉，他也只能硬著頭皮看著那個從天尊手上拿到手，同時令幾位洞府真人都垂涎三尺的煉丹爐化成一堆破片。

「潼兒你是欠揍了嗎？」

「好姐姐，就算我沒欠揍，妳現在可還是把我踩在腳底耶！」

「呀！不好意思，剛才情急把你踢開之後忘了縮腳。」同樣被燻得一身是黑的女仙把擱在別人身上的腳收回來，她很大方的伸出手扶了地上的仙童一把，之後就蹲到煉丹爐的碎片旁邊認真的研究著，到底她是什麼步驟出了差錯才又弄到爆爐？

「再多爆幾次，恐怕就得到東嶽帝君處報到了。」終於可以爬起身的仙童把臉盡量擦到回復皮肉該有的顏色，都是多虧他的眼淚才有這個效果。

「放心吧！我可沒聽說過仙童也得去報到的。」女仙在碎片中翻找的手頓了頓，像是打了個寒顫後又回復動作，總算讓她在破片中找到了丹藥的餘末。

「東嶽帝君不會放過我的，我可是犯了沒能阻止姐姐妳一而再、再而三的在東華臺炸丹爐呀！打擾了東王公的清靜，妳是要我如何交代？」潼兒想到萬一東嶽帝君跟他算帳，只會有糟糕兩個字可以形容了。

「東王公最多不就是一言不發的站在一旁看……呃！」一臉黑灰的女仙現在就算臉色變得多青白也不會有人看得清楚，她自個兒說的話可真是提醒了自己，丹爐爆炸弄出這麼大的聲響說不定連附近洞府的真人們都要驚動出來，更何況是東華臺的主人東王公？

這一提潼兒也嚇得跳起，當他看見薄煙之後那個穿著九色雲袍的人時，他的淚水立即決堤了。

「喂，你這樣子好像東王公會對你做什麼似的……」

「要是有什麼都是芙蓉姐姐妳害我的！」掩著臉痛哭失聲，小小仙童現在心裡覺得十分委屈。

罪魁禍首實在沒有辦法再硬掰炸爐與自己無關，肇禍的女仙站起身，象徵式的拍一拍除了黑灰還是黑灰的衣裙，扶了扶已經散掉一半的仙女髻，花臉貓般的臉上揚起一個甜笑，她裝起一張端莊相，踩著女仙們都喜歡的細碎蓮步踏出偏殿，在不知已經站了多久的東王公十步之遙處福了福身。

「驚擾了東王公大駕，請恕小仙芙蓉冒犯之罪。」

如果不提她的外表實在狼狽得讓人不禁猛地搖頭的話，芙蓉現在的舉止和語氣的確無懈可擊，就連崑崙西王母手下的女仙也未必個個有這麼完美的技巧。

雖說她這應對沒丟崑崙的臉面，但崑崙的女仙倒是不會把自己炸成一身黑再端出微笑行禮。

「這番話芙蓉妳說過幾遍了？」

披著一頭雪色長髮，頭上的髮冠閃著和日光一樣耀眼的閃光，一身搶眼的九色雲袍加上東王公的臉和獨特氣質，令東王公的存在像是無時無刻都在發出溫煦日光的太陽。

有時候女仙芙蓉會覺得比起玉皇那身金燦燦的皇袍，東王公才真是一身閃，照道理他一出現應該很容易被發現，但事實證明，打扮閃不閃眼和容不容易被發現是兩回事。

別以為名字有個「公」字，地位又是蓬萊仙島的首領、仙界眾男仙統領的東王公會是個遲暮老人，如果這樣想就大錯特錯了。比起天天操心天宮事務而有點未老先衰的玉皇陛下，閒閒無事待在蓬萊仙島過著養尊處優生活的東王公絕對是位面如冠玉的美男子。如果他不怕麻煩而西王母又准的話，待他跑去崑崙仙山轉一圈，絕對會令那些凡心未泯的小女仙危機重重。

什麼危機？當然是動了凡心被九天玄女和西王母整治的大懲罰了！

仙界誰都知道西王母不喜歡女仙們談戀愛，從九天玄女那邊故意放出來的小道消息說愛情不是令女仙們茶飯不思就是心不在焉，且比起男仙，她們更容易因為私事而令工作效率下降，嚴重影響王母娘娘重視的仙桃收成還算事小，整個崑崙仙山天天在冒粉紅色愛心泡泡才是大問題呀！

所以王母娘娘的確不太希望東王公跑去她的地盤。

現在這個會令崑崙主人也頭痛的美男子還是負手站在原地，臉上掛著如溫暖陽光的微笑，天知道他到底是想責備她再一次炸了偏殿的屋頂？還是他又得幫忙向天尊交代次貨煉丹爐又爆了？

芙蓉來蓬萊仙島暫住已經一段時間了，但她還是摸不清東王公這個人到底在想什麼。

比起西王母，勉強也可以從神情和語氣上知道她真正想表達什麼，而東王公永遠就是笑咪咪的樣子，從不皺眉頭，說話聲線輕輕的不會有太多高低起伏，眼睛裡也不會透露他的情緒。

他一整天除了在紫府工作的時間外就是喜歡一個人待著，連仙童服侍都不用，就自己一個人布棋局或是看些不知道是什麼的書。

大概他的脾氣也算是好的吧？芙蓉心想她已經炸了東華臺的偏殿好幾次，多次下來東王公連眉頭都沒有皺過一次，只會淡淡的問她還打算炸幾次才放棄煉丹這個娛樂。

她芙蓉拍心口保證，她真的不是貪玩才煉丹的！

「下次一定會成功的嘛！」不著痕跡的嘟了嘟嘴小聲反駁後，芙蓉擺出一個楚楚可憐的樣子眼睛巴巴的瞅著東王公看，但她忘記了自己現在一身黑灰，擺出這樣子除了滑稽之外還是只有滑稽。

看到這連仙童們都忍不住竊笑的畫面，東王公仍是連嘴角也沒有動一下。他只是垂眼看了看天尊不知第幾個犧牲掉的丹爐，然後視線又看了看芙蓉手中拿著應該是丹藥的黑色物體。

「過幾天西王母的仙宴，妳心意到就好，禮物就不必了。」

「欸！怎麼可以！這裡已經沒有桃子送過去了，我還想煉個什麼送去當禮物的嘛！」

「妳把我殿閣弄壞的修繕費，我已經讓人整理成一本帳本準備送去崑崙，妳可以放心，絕不會是兩手空空回去的。」東王公回想了一下芙蓉最近都找人收集了什麼材料，推測上她手上的黑色渣滓原來應該是什麼丹藥，能把藥煉成這模樣，從另一個角度來看，她也是奇才了。

「東王公大人，你人這麼好可不可以……」芙蓉大驚，自己闖禍與破壞的修繕費帳單竟然不是以一張張來算，已經是用一本本來計算了嗎？那她到底要賠多少仙石才夠？就算她在仙界人脈很不錯，但到現在位階也只是個小小的女仙，在凡間既沒有香火鼎盛的廟宇供她，她的煉丹術也有目共睹不太可能用煉成的丹藥換仙石，更別說她炸壞的材料東王公說不定也都詳列在帳本上了。

「那妳自己賠嗎？」東王公平日好話聽得多了，就算芙蓉現在發好人卡，他也無動於衷。他伸出手輕輕一握再放開，一本一指節厚的帳本憑空出現在他手上。東王公翻開帳本最新的一頁，把目前的累積索償額給芙蓉看了一眼。

「賠……賠不起……」看到上面的天文數字，芙蓉暗暗做好得去找東嶽帝君喝茶的準備了。

「帳本會送到西王母那邊，妳也不要再去向天尊撒嬌討丹爐了，妳的浪費行為已經引起公憤，再不知收斂，玉皇可就要出面教訓妳了。」勾起一道若有若無的微笑，談判完成後，東王公把新一筆偏殿的修繕費加了上去，然後頭也不回的負手轉身離開。

「……不是這麼嚴重吧？」看著那個白髮俊男用老人家般的緩慢步伐慢慢離去，性子一向比較急躁的芙蓉早已經急得跳腳，事情原來已經不是繃緊皮向王母請罪就沒事的程度，只是炸幾個丹爐而已，有必要鬧到玉皇那邊嗎？

芙蓉心裡有氣，剛才裝的端莊假象立即打回原型了。她現在心裡只有一個念頭，讓她知道是哪個小心眼去玉皇跟前嚼舌根，她一定不放過！

「芙蓉姐姐，我就說不要煉丹的嘛！這樣妳回崑崙仙山時，王母娘娘一定不放過妳。」和芙蓉一樣看到了那個令人驚愕的天文賠償數字的潼兒也不禁咋舌，就算把他賣掉任勞任怨工作上百年，恐怕也還不了呀！

「王母放過我，九天玄女早就不放過我啦！要不是我始終是女仙，我才不想回去咧！」芙蓉鼓著一張臉生著氣，她平日是膽子大、愛闖點小禍，但什麼時候弄出那種天文數字的賠償費了！

「唔……的確，不提外表的話，姐姐妳的確沒有女仙們該有的樣子。」已經把掃除用具拿出來的潼兒和原本也守在偏殿外的仙童們紛紛忙碌的投入打掃工作，一時間偏殿變得熱鬧沸騰。

「什麼呀！潼兒你是找死了！」

反應遲鈍了幾秒的芙蓉發出一記怒鳴，緊接而來的是仙童的慘叫，東方蓬萊仙島上也開始泛起暮色了。

※　※　※

隨著西王母仙宴的日子越來越近，芙蓉的心情也越發的鬱悶。她是一名女仙，雖名為芙蓉，但其實並不是花仙子，她也不是成仙以來就一直只待在女仙聖地的崑崙仙山之上。

她並不是凡人飛昇的仙人，而是天地靈氣孕育的天仙，像東王公是東華至真至陽之氣所生、西王母是至陰之氣而生的母神一樣，芙蓉也是由一抹天地靈氣而生，和一般人或精怪修煉成仙不同，她在仙界的地位也有點特別。

至於為什麼她一個女仙有崑崙不住跑到了統領男仙的東王公這裡，就說來話長了。

難得一個從天地靈氣而生的仙子，各方自然十分關注。西王母用疼的，玉皇用寵的，連三位天尊也由得她鬧，但日子見長、闖的禍越來越大後，芙蓉就開始變成燙手山芋了。她惹出的事大都算無傷大雅可是破壞力驚人，之前天宮九龍池被炸過了，瑤池金殿也被她煉丹煉出個破洞來，三位天尊們的居處也被破壞過，當時唯獨東王公的地方還未受到波及，原因是芙蓉和東王公不對盤。

他們不是一見面就會爭吵起來的那種不對盤，再說以東王公的地位和個性，也不是隨隨便便就能惹他幹架吵嘴的。即使芙蓉再鬧，東王公還是那一號表情，溫和的笑、淡淡的沒有回答，既沒有被她的禍事牽動情緒更看似完全不在意。要吵架也得有對手，所以面對東王公時芙蓉覺得很鬱悶。

東王公的淡定情緒，也讓這位麻煩女仙的闖禍行為收斂了一點，頂多不時炸爐或是去抓靈獸失敗反被追到幾重天之外，其他倒是沒有什麼大事了。原因除了東王公是芙蓉難以捉摸名單的首位之外，有部分是因為東王公的兄弟東嶽帝君——如果說芙蓉和東王公不太對盤，那她對東嶽帝君就是避之則吉了。畢竟……誰要去惹一個有整個冥府帝君撐腰的東王公呀！

在西王母答應攬下一切賠償之後就把芙蓉送去蓬萊仙島，趁這段時間，瑤池金殿和天宮得趕緊進行各種修復作業。

不過，即使東王公這邊令芙蓉不自在也好，東嶽帝君還有他手下的十殿閻王有可能找她的碴也罷，待在東華臺芙蓉還是覺得很寫意的。正因為東王公的淡然，所以芙蓉過得自由自在沒有壓力。如果可以選擇，芙蓉一點也不想回去有眾多資深女仙管束自己的崑崙仙山。

「東王公……你真的要把帳本交給西王母嗎？」

「早就已經送過去了。」腳下踩著一團七彩仙雲，一頭皓白長髮隨著風飄揚，越是接近崑崙仙山就越是看到眾多女仙披著羽衣彩帶在飛，而當中有百分之八十五以上的女仙在看到東王公時呈現出墜落的徵兆。

「那我死定了。」芙蓉苦著一張臉，為自己等會的悲慘下場默哀。

「那也不用死。」東王公牽起一抹淡淡的笑，腳下的彩雲快轉了一圈把他和芙蓉送進了瑤池金殿之中。

他一到，立即就有一些早來一步的仙人向他打招呼，這些大都是在天宮玉皇那邊有公職的仙人們，而蓬萊中其他受邀的男仙可沒敢比東王公來快一步。

「拜見東王公。」

在崑崙瑤池中，除了西王母地位最高之外還有一人，此人一出現，芙蓉比見到西王母更像老鼠見貓，躲也來不及。

「很久不見了玄女，王母可好？」東王公微微牽動嘴角，就算面前的這位是仙界首屈一指的大美人，他還是一派淡然。

同樣的，玄女看到英俊的東王公也沒有太大的反應。

「王母娘娘可真有點不好呢！」九天玄女掩著嘴呵呵笑了兩聲，然後一聲威嚴十足的喝令就出來了：「芙蓉妳站住！王母娘娘命令妳一到就要去見她！」

說第一句話時九天玄女臉上巧笑倩兮，可第二句開始，那張笑臉在芙蓉眼中變得像母夜叉一樣，她想逃，但是玄女纖手一揚，幾條彩帶就把她綁住動彈不得了。

「東王公這邊請。」獵物得手之後，九天玄女朝東王公福一福身領路了。「這陣子王母的蟠桃長得又大又圓，等會東王公一定得多吃一些，別只是喝一、兩杯玉露就走了！」

「好的。」

芙蓉被押著轉進金殿的後方，沿途當差的女仙們見到東王公紛紛羞紅著臉四散，直到抵達西王母身處的地方，年資淺的女仙人數大幅減少，情況才見好轉。

穿過幾重垂珠再撥開紗簾，西王母和另外兩位地位超然的女仙同坐在那邊品茗，看到九天玄女手上拖進來的肉粽子後，她們三人同時幽幽的嘆了口氣。

「原來碧霞玄君和太真王夫人也在。很久不見了。」東王公朝站起身迎他的兩位女仙點頭示意。

「很久不見了。東王公實在太少離開蓬萊仙島了，害我們非得等這些場合才有機會見你一面。」碧霞玄君和太真王夫人優雅的擺了個禮。見了別的仙人她們還不會主動站起見禮，但東王公可不一樣，除了三位天尊和玉皇之外，最大的就是他和西王母了。

東王公完全像是在自己家一樣悠然的落坐，九天玄女也把拖進來的芙蓉鬆了綁，反正在王母面前她想逃也逃不了。

「王母不喜歡我來打擾，而且我也得看著一隻淘氣的小寵物。」拿起女仙奉上的茶，東王公慢慢的啜了一口，先是看了和他同輩同級的王母一眼，然後又看向寄放在他那邊好一段時間的芙蓉。

芙蓉苦著一張臉在伸展被綁麻了的手臂，一聽到東王公話中「寵物」二字，她就像炸了毛的動物一樣跳到東王公面前，她倒是記得身在何方，沒有纖指一伸指著東王公的鼻子罵。

「我才不是寵物呀！東王公你太過分了！要是我是寵物的話，你現在是要見死不救嗎？」只要有機會逃離被王母大懲罰的命運，芙蓉說什麼都要抓住，就算是寵物也認了！

「夠了，芙蓉。在東王公面前妳就是這麼沒禮貌的嗎？」

「王母！」聽到九成九會找自己尋仇的崑崙首領的輕斥，芙蓉立即擺出甜膩膩又討好的笑臉，腳下踩起平時不知扔到哪邊發霉去的蓮步，粉色彩帶和裙襬隨著她每走一步就輕輕搖動，生出我見猶憐的氣質——這用來騙第一次見到她的人還行，但早就熟悉她本性的只會看到嘴角抽搐。

「人家只是想煉個丹藥好送王母嘛！」

「是呢！妳的心思本王母是知道了，但是有必要把東王公的東華臺所有偏殿炸過一次嗎？」

「那是意外嘛！」芙蓉覺得自己的笑容都僵硬了，雖然比起金殿和天宮是沒那麼嚴重，但東華臺的偏殿被她炸得七七八八也是事實，想賴也賴不掉，這才有那本厚厚的賠償帳本。

「妳還真是說得出口呀！」西王母搖了搖手上的羽扇。

有著不下九天玄女的美貌，氣質更顯雍容華貴的西王母手邊擱著的正是東王公早前送來的請款帳本，裡面牽涉到的金額還真是令西王母感到頭痛。

「王母！」看到那本天價帳本一出現，芙蓉硬著頭皮打算撲上去求情了。

「這次可幫不了妳，別說妳帶給東王公的麻煩，之前在天宮闖的禍、瑤池金殿內的破損等等要是算到妳頭上，妳可負責不了。」

「唉，道德天尊的丹爐是什麼樣的珍品，妳一毀就是毀掉好幾個，氣得天宮那些煉丹煉到入迷的仙人直跳腳，全跑去跟玉皇陛下申訴了呀！」太真王夫人也是一臉難為，芙蓉始終是女仙，歸她們崑崙管束，惹了這麼多麻煩就算她們再想保人，保得了一次也保不了第二、第三次呀！

「這次保不了妳。」九天玄女也在末席落坐，絕麗的容顏現在一臉冰霜。

「欸？」

「只有『欸？』這個反應嗎？妳這丫頭現在應該知道後悔了吧？」

「那個……王母娘娘您到底……」

「玉皇決定了，讓妳待在仙界沒受一下苦難就是不會長進，所以這次妳得用勞力去支付妳欠了瑤池、天宮還有東華臺的修繕費。」

「勞……勞力？」自誕生以來一直被寵慣的芙蓉聽到「勞力」這兩個字，一時之間也沒有具體的概念，心想大概是出賣勞力幫忙修屋或是罰去翻土種桃子吧？

但是西王母下一句話卻把她的天真想法狠狠的打碎：「妳下凡去吧。」

「欸——！」

二
那是凡間的
東王公?

在芙蓉還呆著消化西王母的話時，她的行李已經被打點好拿了進來，這陣子照顧她的東王公也少有的主動走到她面前，把一大疊整理得好好的本子放到她手中。

「這些都是仙界裡妳欠了人情、建築修繕費、個人財物及精神賠償等債主列出來要妳辦到的事，到了凡間妳記得好生辦妥，這也是妳修行的一部分。」

東王公的語氣還是溫溫淡淡的，但芙蓉卻覺得他說這些話的時候多了一分笑意，是看到她有這下場很有趣嗎？還是這爛主意就是他提出的？不然誰有閒整理這麼麻煩的清單？

要是猜錯了，芙蓉就懷疑東王公有嚴重的整理強迫症！她在東華臺生活的這段時間沒有去過東王公辦公的紫府，看現在她欠的錢和要抵債的勞動清單全都整理得一絲不苟，恐怕紫府裡的情況也沒差多少，到處都是記錄得非常好的書冊吧？

「芙蓉妳第一次下凡，不諳凡間規矩，就先從這件事開始吧！」擁有豐富下凡經驗的九天玄女立即挺身而出，二話不說就在一長串的列表中挑了件據說是入門級的工作給芙蓉。「這位凡界的王爺前生世世行善積德，所以今世生在帝王之家生活無憂，不過他命中有一大劫，妳去保他安然度過就好。」

這件工作看在九天玄女這位下凡達人眼中大概只是九牛一毛、一年中都幹了不少次的簡單工作，但看在芙蓉眼中這根本就無從入手呀！

「保？怎樣保？」

「連方法都教會妳還叫歷練嗎？當然是下凡後妳自己想呀！」九天玄女的額角看似蹦出了一條青筋，但臉上還是笑容十足，倒是在旁邊看著芙蓉擺出大難臨頭臉的東王公心情不錯的笑了笑。

「這是什麼陰謀呀！」

芙蓉的悲慘吶喊並沒有引來拯救她的人，她甚至連南天門都不用去，玉皇早就已經借出能隨時隨地開出通往凡間的寶貝，在西王母和東王公兩大巨頭的見證下，芙蓉被九天玄女重重的一腳掃下仙界了。

芙蓉心裡感到很悲哀，她連仙宴上的桃子都還沒吃到呀！

※　※　※

由仙界掉到凡間不用太多時間，眨個眼，人已經身處凡間。

時間是晚上，從地上看向天空，像是鋪著層層墨藍色的輕紗，上面再灑上閃閃發光的玉石般，顯得寧靜又有點神祕。和在仙界上看到的夜空很不同，仙界的黑夜雖然也有星星，但是天空是七彩雲霞，和凡間深邃的夜空不一樣，仙界的天空是美，但少了凡間天空給人一種浩瀚孤寂的感覺。

從來沒人和芙蓉說過凡間的天空是這樣子的。這一看她就看了一個晚上，一個人站在城外的荒郊野外抬頭看著天空，除了因為夜空很美之外，芙蓉還試圖憑星星的位置看出自己身處何方，不過到了天亮她仍是半點頭緒也沒有。

看著日出，芙蓉身邊多了舒爽的微風、蟲鳴聲和動物出沒的聲音，如此生動的環境令第一次體驗的她，心裡有一點點冒險的感覺。

天不怕地不怕號稱第一闖禍精的她雖然會怕，但這個字大多是出現在試過之後，試過了出事了再怕也不遲嘛！

反正都已經被趕下來了，有什麼新奇的事物，芙蓉是打定主意趁這機會一一嘗試的。

天全亮後她放棄再看天空，決定早早把九天玄女指定的首個任務完成，把那個生在帝王家要保他渡劫的人找出來。

翻開那本厚厚的還債清單，上面簡單寫了目標人物的資料。當朝的五皇子，現年二十有三，沒有重要公職，賜封了寧王稱號，王府座落在內城一角，終日過著悠然自得的生活。

「這不就是懶人生涯嘛！前前前世這麼多世積了這麼多陰德，就是讓他今世做懶蟲呀！」看完手上本子的簡單介紹後芙蓉皺起了眉頭，凡間朝廷或是官場雜事她不太懂，她只知道一個二十三歲的人一整天無所事事實在有點那個，有說「吾十有五而志於學，三十而立」不是嗎？

就算生於帝王家，應該也會躊躇滿志想要做些什麼吧？要是這個人就一副紈褲子弟的嘴臉，這工作芙蓉可就不太情願了。

不過，就算她覺得麻煩又討厭，現在仙界那些提點子扔她下來的仙人們一定很興奮，找齊窺看凡間的寶貝等著看她出洋相。

闖禍精女仙遇上紈褲皇家子弟，芙蓉自己都想像到可能會出現慘烈的結果。雖沒親身經歷，但聽那些得道仙人提到凡間中有的是險惡的人……不過再細想一下，仙界肯保他平安，就算他真是紈褲也應該是心地善良的人。

芙蓉自問自己沒百分百自信分得清誰是好人、誰是壞人，為免麻煩的最好方法就是不讓凡間的人看得到她，隱身是很簡單的事——雖然她老是煉爆丹爐，但可別因為這樣就當她的仙術只學會了雞毛蒜皮的呀！

她好歹也是有能力才能哄得動道德天尊送她丹爐玩的，不然，道行不足的小仙把玩天尊的丹爐爆炸事小，被丹爐反噬變為煉丹材料再炸到支離破碎拼湊不回來才是大事！

在人海茫茫的京城之中，一個人生路不熟的小女仙要找個陌生人也不是易事。想用法術找嗎？她現在沒有那個人的物品在手，生辰八字在工作清單中也沒提及，她知道的只有對方的名字。與其用法術浪費時間，不如問問土地爺或是廟裡的地仙們更快捷有效率。

芙蓉不是凡人，又隱了身，自然不用等城門打開才可以入城。不過她很守禮貌，沒有一進城就敲地板嚷著要土地爺出來，她先找到土地廟，正式的打個招呼，問到了王府大概的方向後，芙蓉到了中午才總算找到王府的位置。

仗著隱身的便利，芙蓉直接飛往王府，她伏在王府的紅瓦頂上細心留意著下面走動的人，想要看看到底誰才是她要保的正主。

曬著一個時辰的太陽，芙蓉還只是看到一堆僕役在走動，聽這些下人的對話，這王府的主人沒有外出，但芙蓉伏在瓦頂一個時辰了，就是沒有看到那個應該福壽雙全今世享福的寧王。

正當芙蓉認為一靜不如一動正要翻身跳下去時，一陣急促兼帶著怒火的足音在院子一角響起，這架式令芙蓉反射性的縮了脖子，她以前被九天玄女抓多了有點心理陰影。但九天玄女是何許人？

女仙中的筆頭呀！就算是生氣到想把她抓起來埋掉，也不會發出這麼沒氣質的聲音。

好奇之下，芙蓉探頭看是誰走路這麼大聲又火氣十足，一看之下她嘴角也不禁抽搐起來，一個梳著已婚婦人髮髻，上面插滿了金釵步搖，目測雙十年華不到的少婦虎虎生威的踩著繡花錦鞋走過渡廊，在她一腳把某廂房的門粗暴踢開前，被守門的侍衛架開去了。

「放開我！本王妃要見王爺難道要你們批准嗎？」

芙蓉痛苦的掩起了耳朵，這位少婦的叫聲很刺耳，明明臉蛋長得不錯，但配上一把像是雞叫般的聲音，任誰都會覺得很煩吧？怪不得在瑤池金殿時王母娘娘會這麼著重女仙們的規矩禮儀，要是崑崙的女仙們有一半像這王妃這麼吵耳，仙界就不得安寧了。

忍下了用法術讓那女人閉嘴的衝動，光是這一叫芙蓉就知道這女人是她目標人物的妻子，而且他們應該是感情非常不好的夫婦。說不定那一劫指的就是女禍呀！但這種事與其讓她來，不如叫和合二仙更好啦！

不過王妃這一吵，芙蓉倒是知道了她要找的人一直待在屋裡沒有出來。撇了撇嘴，她從屋頂潛身進了屋內，多了一道牆阻隔，王妃的叫聲變小了一點，她的耳朵也沒這麼遭罪了。

屋內沒有聲音，像是連半個人都沒有似的寧靜，但一進來芙蓉便感覺到有人氣。沿著氣息她走過前堂、偏堂再跑到寢室，垂下的紗帳後還立著堅固的屏風，微弱的人氣就是從這裡發出的。

確認了要找的人大概就在屏風後面，芙蓉卻沒有立即過去看個究竟。由天地靈氣所生的她對萬物間的氣場十分感敏，因此她才認為自己對煉丹應該是有天分的，感應力很好的她，現在就察覺到一股反感的氣息在屏風後方驅之不散。

當機立斷的芙蓉踩著仙界連仙童都會的七星踏陣，每踩一步那陰森的氣息就退散一點，但這只是暫時之法而非長遠之計。

一來就遇上這種程度的陰森之氣，事情好像沒有芙蓉想像的容易，也沒有九天玄女說的那麼簡單。不是說這個人世世積福，今世才無憂無慮生在帝王家享福的嗎？既然天命生成福祿雙全，為什麼還會被一股陰邪之氣纏著不放？

要是她沒有被趕下來以勞力還債，沒有人來幫忙渡劫，這個寧王爺不就有可能死在這一劫了？不知道這位王爺是惹上什麼麻煩，可惜現在她不可見死不救，不然由九天玄女指定的下凡第一件工作失敗的話，她還有面子嗎？

雖然有法術隱身，但芙蓉還是躡手躡腳的繞過屏風，正想看一眼目標人物時卻發現對方也正睜眼看著她，視線還真的有對上。

一介凡人不可能看到她的！芙蓉覺得自己的心被嚇得跳了出來，花容失色大概用來形容現在的她最是恰當了。

吞一吞口水，她現在的心情還真有點像是現行犯被抓包的感覺，只是抓她的人不再是九天玄女或是玉皇這些熟人，她現在的感覺像是面對難以揣測心意的東王公，被他抓個正著但他卻什麼都不說，等妳自己和盤托出，恐怕她自己招供了也不知道他聽完有什麼感想。

有一瞬間她真的有這樣的感覺，但幸好只有一下子。而這位應該是目標人物的寧王爺，竟然長得如此像東王公！除了臉上一副驚訝的表情、氣質不同、髮色不同之外，光看五官真的會讓人覺得就是東王公本尊！

為什麼一個凡人會和東王公長得這麼像！芙蓉差點驚叫出來，大口吸了幾口氣後又輕輕拍了拍心口當作壓驚，她和自己說所謂人有相似物有相同，現在仔細看來也不是與東王公完全相像嘛！只是同樣有眼耳口鼻湊起來滿俊的……

「為什麼進來？」

「欸！」剛才的驚嚇還沒平復，對方的一句話再次把芙蓉嚇得向後退了幾步，幸好她現在身上有隱身術能穿牆而過，不然這樣一退可就得把屏風和各種擺設全撞到地上了。

所謂作賊心虛大概就是這樣了，被發現了心真的會嚇得跳漏幾拍呀！

「我……我跟你說我不是什麼可疑人物……」見對方一張臉已經沉了下來，芙蓉真的覺得自己正被東王公瞪著似的，硬著頭皮想要解釋，但話一說出口連自己都覺得越發可疑了，正想轉一套說辭卻發現有別人回話了。

「王妃在外面吵鬧，說一定要見到王爺。」

原來對方根本不是和她說話……

「……」挨在床榻上的年輕男子放下手上的書，隨手抓了件外衫披在身上，一頭長髮沒有束起戴上髮冠，他就這樣晃著身子站起來，剛才出聲回話的男子立即上前伸手去扶。

芙蓉愣了一下，看向那個剛才在她身後出聲的人，寧王視線對上的真正對象是個和他差不多年紀的青年，看服飾也不是個普通的僕人，說不定這青年在王府中是管事的。

寧王就這樣讓人扶著走到前堂，然後輕輕說了句開門後就有僕役把房門打開。芙蓉跟在後面，剛才看到的火爆王妃現在正站在門前，滿臉怒容的瞪著應該是她夫君的寧王。

「我想我還是寫信回仙界通知和合二仙來一趟好了，月老這是什麼配對呀？要是這個王爺前幾世積德積到讓他生在皇家享福了，配個母老虎不就是把人活生生的推進人間地獄嗎？」

雖然凡人肉眼看不見她，但基於偷窺心理作祟，芙蓉還是找了根柱子藏起身影蹲著看。以她在仙界培養出的眼光，男的長得俊，女的生得俏，寧王夫婦二人從外表看是郎才女貌、像對活生生的金童玉女。可是撇掉外表，男的嘛，芙蓉現在還沒看出個性有沒有問題，但女的問題可就大了。

別說是王妃這種凡間地位很高很尊貴的宮廷命婦了，以凡界對女子的要求，從小學習女訓、三從四德，絕對不可能讓一個女子指著自己夫君鼻子不停的罵，而且聽下去罵的內容十分沒教養。

芙蓉看得直搖頭。如果這王妃的所作所為被崑崙那些比較年長的女仙看到，一定會激起她們下凡重新教導凡間女子的念頭。

王妃吵了大約半刻鐘後，站在門前的寧王只是淡淡的說了一句話，然後王妃就漲紅著臉風風火火的又走了。芙蓉完全不明白他們到底在搞什麼，那對夫妻根本不是吵架，要吵起來還得王爺協力一下拉嗓門，是王妃自己在吵，王爺只淡淡說了一句就結束了。

不過戲照看，工作方面芙蓉也有用心的做，她發現到這屋子裡有點什麼不對勁的地方。

之前在外面沒有感覺到，潛入王爺所在的房間後她一直感到不對勁，在她布下陣法之後，氣場是變好了一些，但是當那對夫婦面對面時，她隱隱覺得兩人之間又有些不祥的氣息開始在流動。

這一刻，芙蓉分不出來那是何種不祥之氣。這座王府好歹也是皇子的居處，不會選風水不好的地段，附近也沒有墓塚之類陰氣重的地方，芙蓉也不覺得這裡最近有死過人所以有鬼魅作祟……卻感覺比較像是詛咒這一類的惡意。

「除了娶了母老虎是一劫之外，原來還有其他的呀！」

咬了咬手指，芙蓉摸出了一本九天玄女送她的凡間應變指南，要是真遇上什麼妖魔鬼怪的話，除了逃到最近的寺廟躲避，她也得盡人事斬妖除魔。

先不說那麼正義的事，她要保這個寧王爺渡劫，現在最重要的就是搞清楚那一劫到底是什麼。可惜卜卦不是她的強項。

王妃走後，寧王又回到房間，這次他沒有回去寢室那邊看他未看完的書，只是靜靜的坐在茶桌邊替自己倒了杯茶，連個下人都沒喚進來服侍。

芙蓉從蹲著的角落走出來，踏陣的用處不大了，而且那也只是臨時的應變措施，在查清是什麼東西影響氣場之前，她得先保住這房間主人的健康，不然長期被不祥之氣包圍，輕則小病，大可喪命呀！

在房間走了一圈看完環境方位後，芙蓉伸手彈了幾下指，幾道玄光落在屋梁的角落上自行寫起

了一道道神咒。有她的陣法在，理論上不祥之氣不會繼續在這裡滋生。

「嗯！再來就是……」

房間的陣法布好了，剩下的就是看看目標人物現在那抱病的樣子是怎麼回事。仗著凡人看不到自己的便利，芙蓉跳到寧王旁邊，走得這麼近看，越發覺得這人真像凡人版的東王公，要是東王公知道凡間有人長得這麼像他，他會不會還是一笑置之呢？還是找人來滅口？

「當朝李氏五皇子，年二十有三，名喚崇禮，字靜于。名字還真有儒雅的味道呢！要是知道生辰八字的話倒是容易一點……」翻著手上的本子，芙蓉把能在有限的文字中挖出來的資料都挖了，除了年歲和名字之外，一切都十分貧乏。

要是知道生辰八字等等資料，寫幾道平安符也都比較有效果嘛！

「保和三年二月初六寅時。」一聲輕輕淡淡的聲音響起，報上了芙蓉正想知道的情報。

「怎麼連生辰都和東王公在同一天呀？欸？」芙蓉驚訝的看向正在搭她話的人，她今天到底是「欸？」了幾次？「我一定是幻聽，明明看不到我的嘛！」

不信邪，芙蓉在寧王面前兩手狂舞，對方的眼珠子動都沒有動半分，瞳孔也沒有映出她隱身起來的身影。

「看不見但是聽得到聲音，在子穆進來之前妳已經在這裡了吧？」對於聽到但看不到的來客，李崇禮最初的不快和反感奇異的消退，一開始他聽到碎碎唸的聲音真的以為自己撞鬼了！但隨著他覺得身體突然沒之前那麼難受後，他猜測只聞其聲不見其人的來客可能不是什麼不好的東西。

「事先聲明我不是鬼。」雖然不知道為什麼隱身術會被識破一半，那個叫子穆的僕人站在她身後也聽不到、看不見她，偏偏正主兒卻發現了。

「我想也是，現在大白天的，就算妳是鬼也沒辦法光天化日跑出來，而且妳來了之後，空氣不同了。」

「空氣不同了？你感覺到空氣變了？」

如果對方是修道之人，說出感到氣場有變或是感覺到不祥之氣都不是奇事，但一個普通人又沒開過天眼，單是感覺這麼敏銳絕對不是好事。妖魔鬼怪最喜歡這種有天賦但無力自保的人，更別說這個李崇禮命格生得好，福祿雙全的命格就像是上好的調味料，吃起來特別美味。

「先前覺得混濁和陰冷的空氣變回正常了。如果妳是鬼，怎麼可能這樣？」看不到對話的對象在哪，但出身皇家見過世面的李崇禮表現得仍很淡定，找不準方向就乾脆不找，拿著茶杯像是自言自語的搭話。

「你也太易信人啦！若我是要心眼的妖怪，你不被吃掉才怪。」

「那妳是誰？」

「好說！我乃崑崙西王母座下女仙芙蓉，此次前來是助你渡過命中大劫的。」反正對方已經聽到她的聲音，要瞞也瞞不下去，芙蓉乾脆撤去隱身術和對方說個清楚明白更好。

因為有西王母和九天玄女這些美得令人瞎眼的存在，芙蓉自問自己雖不是女仙中最美的，但樣貌在凡人眼中絕對也是美得不方可物，要不也不會有仙女下凡、貌若天仙這些讚美詞了！

她原本是有點期待李崇禮看到她時會露出一下驚豔的表情，最好直接流個口水滿足一下她對東王公的臉出現人性化表情的幻想，但是李崇禮完全是無動於衷。

或許眼睛因為吃驚而睜大了一點點，但是這樣的情緒起伏遠遠沒能滿足芙蓉心裡所想。

芙蓉難掩一臉失望的自己拖了一把椅子坐下，也不客氣的動手拿了茶杯給自己添了茶水。雖說仙人不吃不喝可以當修煉，但芙蓉目前還沒有這樣折磨自己的打算。

雖說這茶比不上她在仙界時喝的香，但她也是可以勉強屈就的。

「崑崙的女仙？為什麼幫我？」聽到眼前的人自報是女仙更是特地下凡幫助自己，一般人不是高興的又跪又拜就是直接嚇暈，再不然就是聽到有劫數而大驚失色。可是這兩種反應都沒有出現在李崇禮身上，他只是呼吸不順的咳了兩聲，身子靠在椅背上，對有人來打救自己表現得興致缺缺。

「沒有為什麼。」芙蓉把茶咕嚕咕嚕的喝下去然後趕緊回答。難道她要老實跟他說因為你前世做好事今世得上天保佑，而女仙姐姐她因為欠了一屁股債所以來做工還債嗎？

「這樣呀……」以為會聽到什麼特別緣由的李崇禮有點失望的輕嘆了口氣。

他的反應實在不太正常，芙蓉忍不住想要查看一下九天玄女的應變大全上有沒有寫遇到這種人時的應對方法。

「做人要開心一點，不要總是板著臉，多笑一點才有福氣。看你這是什麼表情？生無可戀似的，你不會真的有這種想法吧？」自個兒想偏了的芙蓉有點氣急敗壞的閃到李崇禮面前，還好她記得要維持形象，沒有一手抓住人家肩膀先搖上五、六下。

要是這傢伙是自己放棄自己的，那大羅神仙下凡都救不了呀！還有，自殺的人在地府可絕對不會好過，地府沒個好人的呀！

近距離看到芙蓉的臉和嗅到她身上的馨香，李崇禮終於露出很不自在的表情別開了臉，但這感到尷尬的動作現在直接被某人誤會是別的意思了。

「這可不行！知不知道一心想死的人會被惡運纏身？不惜福，下了地府會被這樣那樣的！」別說芙蓉因為臉的關係看不過眼和東王公這麼相似的人竟然有活膩的念頭，感覺由得他存有死了也無所謂的心思會連帶仙界的那位都變得一樣，這感覺超級不吉利！

仙界沒了東王公會怎樣？陽陰二極沒了一邊看看會怎樣？當然是大亂了呀！

不行！門都沒有！

「我想女仙大人是有點誤會了。」尷尬的咳了聲，李崇禮語氣有點無奈的自辯，面對芙蓉疑惑的眼神他只好拚命表達他是說真的。

「我有誤會嗎？」芙蓉雙手抱在胸前，對李崇禮的話仍有點懷疑。

「是的。我只是以為難得有天仙下凡是來助我登上皇位。」不知道這話裡有幾分真意，說出來後李崇禮自己都愣了一下，然後表情才又回復一開始的淡然。

就好像想起了什麼不快的事，原本提高一點點的心情被打回原型了。

「皇位？那種東西不要也罷啦！當皇帝是表面風光、實際痛苦得不能與外人道呀！那種做死人不償命的工作不是人做的，連玉皇有時候都會抱怨身不由己的悲苦呀！你就別這麼傻想不開跑去做那種吃力不討好的事啦！」

聽到凡間的人老是打得焦頭爛額的去爭那個皇帝寶座，芙蓉實在感到不屑，雖然皇帝是真龍天子，但事實上有哪個好皇帝不是工作到過勞，死翹翹了還不是被鬼差帶到地府十殿去？要是做個光是享樂的昏君，從生前就被罵，甚至入土為安了都還繼續被罵，這有什麼好？

被芙蓉這樣一說，李崇禮完全接不上話，他提起皇位也只是一時衝口而不是真心想要爭的，誰知對方認真的連玉皇大帝都搬出來了，他還敢再提嗎？

芙蓉看著李崇禮，他也看著她，死寂般的沉默在二人之間開始瀰漫。

過了一會，李崇禮被看得很不自在，芙蓉一點都不避諱的瞅著他瞧，好像要用目光在他身上燒兩個洞似的。

李崇禮倒是沒懷疑這個突然出現自稱崑崙女仙的女孩子的身分，畢竟她神出鬼沒的身法他是親眼見到了，而且他是真的感覺到這位女仙出現後空氣多了一分溫煦，感覺相信她總沒錯的。

不過，如果天上的女仙每一個都是這樣性子爽直活潑的話，那就和他的想像有嚴重落差了，眼前這位的舉手投足的確有幾分優雅，但好像太活潑了一些。而論相貌，他府中被稱為京城三大美女之一的王妃都變得黯然失色了。雖然不知為何他直覺認為這位女仙也是會抬腳踹門，但絕對不會比他的王妃粗魯，他的王妃如果沒人攔著，是想撲過來打他的吧？

三
這就叫天機不可洩漏嗎？

初相識的兩人各自在打量著對方，最後還是芙蓉抵不住互相瞪眼的怪異氣氛先帶起話題了。

「話說，你身體變差是什麼時候開始的事呀？」芙蓉盯著李崇禮的額頭看了好一會，男子就算沒梳頭戴冠也不會有瀏海擋著，看印堂很方便。可能因為情況還不是很嚴重，所以第一眼看到他時芙蓉沒有留意到，但現在近距離就會發現他的印堂有些微的黑氣。

「就這個月，大概是天氣轉變受涼了。」

「受涼？現在還是盛夏呀！如果我說你是沾到不好的東西你信嗎？」芙蓉挑了挑眉，毫不客氣的把李崇禮假得令人翻白眼的謊話戳破。

「怎會呢！」李崇禮表情沒有太大的變化。

若是騙的對象不是芙蓉，大概這樣即可敷衍過去，但芙蓉看慣那些愛裝深藏不露的仙人們的嘴臉，李崇禮現在的反應她一口就能咬定是另有內情了。

「少騙人。」芙蓉可不會因為對方是王爺就賣帳給面子，就算凡間的皇帝站在她面前，她都不需要擺低姿態，所以迫問一個王爺對芙蓉來說，不是什麼大逆不道要殺頭的罪。而且她已經很給面子沒有偷聽心聲了。

她迫得心安理得，但李崇禮的臉色一下子沉得更厲害了。有些事他不想說，所以他也很猶豫，到底是要說還是不說。掙扎了一會，李崇禮還是妥協了，他實在沒必要和神仙作對、不合作，而且拿皇子、王爺的身分去威嚇也沒用，對方隨便搬出來的已經是玉皇大帝了。

「有傳言，宮中有人使用厭勝之術……」

「誰那麼蠢？在宮中做這種事不是要殺頭的嗎？」芙蓉雖然從未下凡，但凡間的事在仙界中是十分熱門的八卦，即使她不特別去找來聽，八卦也會自動找她。

而且仙界裡有不少是凡人修煉成仙的仙人，從他們口中也能知道凡間很多雜事，更別說有些仙人神祇都有司職，他們來往仙凡二地聽回來的消息和八卦足夠芙蓉應付現在的情況了。

「所以只是『傳聞』。我這病太醫診不出個究竟，而妳又出現在我面前，除了怪力亂神的原因導致我現在這狀況，還能有什麼原因嗎？」

「負責診治你的大夫學藝不精囉！」芙蓉想都不想斬釘截鐵的說。

李崇禮無言了。

「現在有我在，你放心好了。這陣子沒特別事就先待在房間別出去，這裡我布了陣法，外來的穢氣或是害人的法術都能緩一緩的。」

「凡間有說無功不受祿，我沒有做過什麼，女仙大人這樣出手相助實在……」很可疑。最後三個字李崇禮差點就說出口了。

「仙界有句話，不只我們，連西方極樂那些月光頭都是這樣說的，有緣人最大！」很不端莊的聳了聳肩，芙蓉打死也不說她是負債才來的！

「我說不過妳。」

「那就這樣說定了。記得別亂出去，有空就去睡個午覺吧！」芙蓉心想既然已經說清來意，她也得趕緊去把事情辦妥，能早點了事早點回去最好。

芙蓉走了兩步就隱身起來，李崇禮沒有再看到她的身影。

屋內回復之前的寧靜後，李崇禮起身走到寢室那邊，順道喚了人進來。

「王爺有什麼吩咐嗎？」被喚作子穆的青年一進來，第一時間就是過去扶李崇禮回床休息，李崇禮剛坐好，他又是牽被子又是倒熱茶的。

「子穆，之前宮中有人施行厭勝之術的事你去打聽一下。」隨手拿起之前放下的書，年輕的王爺好像隨口說說一樣提出了要求。

子穆一怔，有點猶豫的看了看正看著書冊內容的主子。

「王爺，如果被皇上知道王爺打聽這事恐怕……」

「不是要你特地去查，只要把外面傳的消息都打聽回來就行了。」

「是的。那王爺您先歇著，我會命人把王妃擋住，不讓她過來騷擾您的。」

剛才王妃退回她自己的院閣，但根據經驗，不到一個時辰她又會捲土重來，誓要耍脾氣直到王爺答應她去面見皇上，請求把她爹調回京師。

但是，一個手握重兵的將軍有可能因為一個皇子說幾句話就調的回來嗎？

「嗯。她再不聽話就告訴她，我要去請旨把她休了，再讓她改嫁去西域。」

「是的。」子穆不敢再提意見，王爺嘴上雖然說狠話，但誰都知道皇上是不可能答應王爺休妻，更別說把人改嫁到西域。

領了命，子穆退出門外，抬頭看了一下太陽仍然高掛的天空嘆了口氣，認命的去打聽那宮中禁忌的消息了。

※　※　※

那邊子穆穿過曲廊離開，這邊在花園無人的一角芙蓉也不怕髒的蹲在假山後的草地上，明明沒有人能看到，她還是鬼祟的躲起來，手上拿著毛筆和黃紙不停的在寫著什麼，寫好之後又很不客氣的在花園拔了幾朵鮮花來供著，然後用最簡單的火術把寫好的書信一口氣燒掉。

雖然九天玄女沒說要她定時把工作進度匯報，但是以她熟知的玄女個性，要是等所有事情都辦好之後才知會玄女，恐怕要把皮先繃緊一點。

芙蓉打算好好查一下李崇禮房間那道不祥的氣息是從何而來。一般來說，王府裡一定有放一些強力的鎮宅擺設，而且不得不說這王府的風水坐向其實都滿好的。

地理位置好，和屋主的生辰八字也沒有相沖，照理說這宅子只會有利主人。如果不是宅子方位不對，那麼那道不祥之氣就是被人帶進來的。

「我可不想收妖呀！」鼓著腮，芙蓉離開了花園開始在王府裡四處逛。

王府佔地很大，用腳走可能走到腳軟了也沒走完一圈。這邊是花園曲廊，轉個彎則是大魚池和造景紅橋，更別說四通八達的小路通往不同的院落，若芙蓉不會飛，她第一時間就放棄逛這裡了。

「不愧是凡間皇子的居處，地方還真大。」走上一圈沒有發現奇怪的地方，芙蓉開始覺得納悶了，既然沒有不潔的東西被人帶進來，那李崇禮身邊的黑氣是怎麼回事？

芙蓉突然停下步伐，再往前走恐怕就是那個母老虎王妃的居處，不用踏進她院子範圍也已經聽到十分不雅的叫罵聲了。為了耳根清靜，芙蓉選擇調頭，卻恰巧看到認識的地仙在圍牆之外吃力的向她打招呼。

「哎！土地爺爺！」玉手一指，芙蓉驚喜的笑著朝正攀在王府圍牆上的老者猛地揮手，她輕輕踏地飛了過去扶著土地爺落地，招呼都沒來得及打就拉過老者撒嬌了：「土地爺爺這麼有心來看我呀！」

「現在誰不知道我們仙界的寵兒下凡了呢！我來露個面，順道把玄女娘娘的口訊轉告給妳。」

「欸？這麼快就有回覆了？」

「玄女娘娘說『這麼簡單的工作別浪費時間寫報告！笨蛋！』這樣。」拿著一根木杖的老者有點心虛的別開視線，他是把九天玄女的話原原本本說出來，沒有加一個字也沒減半個，笨蛋二字絕對不是他的意思呀！

「果然是玄女，真狠。」芙蓉內心淌血，早知道就不匯報了，不只沒有支持打氣還要被罵！

「另外還有個需要轉告的口訊。」

「哦！是誰的？王母嗎？」

「不，是東王公大人的。」土地爺一臉尊敬的說。

「欸？我沒聽錯吧？東……東王公有什麼要你告訴我？」

「東王公說『別盯著那張像我的臉失禮人前，自求多福』。」

芙蓉把口訊消化一次又一次。東王公的口訊芙蓉第一個反應是尷尬，看來仙界的那些無聊仙人真的用盡方法來看她在凡間出糗，她才不相信東王公事前知道有個凡人長得這麼像他！

「感覺我好像會遇到什麼很危險的事。這王府到底是有什麼問題呀！」

先不說東王公知道有人這麼像他也沒特別反應令芙蓉覺得無趣，那句自求多福實在令她非常不安。難道東王公知道接下來會出什麼不好的事情嗎？要是她提問，他又要用天機不可洩漏的回答把她堵回去，繼續看她亂得團團轉？

「我說土地爺爺呀，這王府主人在你看來是怎樣呀？」嘆了口氣，芙蓉決定放棄從東王公或是玄女口中探消息的方法了。

寧王府雖座落京師內城，但圍牆之外仍有不少行人，一些達官貴人的家眷坐轎子出門或是在府第之間走動的僕役來來往往的，芙蓉和土地爺兩人就站在一邊開始閒聊。

其實把土地爺喚出來的方法很簡易，可以去土地廟裡喊話，敲敲地面呼叫也沒問題，但是千萬不要用仙界法器寶貝砸地面和用力跺腳喚人。土地爺也是有脾氣的，不然得罪了，他在城隍爺面前投訴，再向上呈報十殿閻王那邊可就沒完沒了。

再說仙人們不能隨便下凡，很多時候要地仙們幫忙辦事，態度當然要給予足夠的尊重呀！說到地仙們辦事，她給九天玄女的書信為什麼會換來東王公的口訊？他不會還待在崑崙，和王母娘娘一起看她笑話吧？

「這位年輕王爺是個很低調的人，成年從宮裡出來後就待在王府裡甚少出來，聽說是位頗得皇帝歡心的皇子，皇帝替他找的親事也是位大將軍之女呀！」負責保佑地方的土地爺自然對住在管轄範圍的人的出身十分瞭解，連戶籍本都不用翻一下就能隨口說出一堆資料了。

「那個什麼將軍之女真是極品呀！真不知道月老是怎樣牽線的，一看就知道是怨偶。」

「姻緣天定呀！」土地爺只說了這樣一句話，但看他的表情就知道，他早已知曉那個王妃是多厲害的角色了。

老者被長長的白眉毛遮了一半的眼睛不安的轉了轉，在芙蓉還在想月老是發什麼神經亂牽線時，他輕咳一聲清了清喉嚨，語氣有一點點支吾以對的開口：「芙蓉呀，這陣子京城有點亂，有什麼事不要逞強，城內四處都是寺廟，土地我已經和這邊上的佛寺也打過招呼了，有事的話記得去寺廟避一避呀！」

芙蓉瞇起了圓圓的大眼，土地爺的話完全是應了東王公叫她自求多福的口訊，說不定保著李崇禮渡劫根本就不是什麼好差事，九天玄女是故意坑她的！越想就覺得越有可能！

「到底出了什麼事？土地爺爺你就告訴我嘛，說你能說的事情也好呀！」

「也……也沒什麼特別的，就是前些日子在宮裡發生些事，好像叫來了什麼不好的東西。」

「什麼東西嘛？」

「這個……」

「天機不可洩漏嗎？」

「知我者莫若芙蓉也，玄女娘娘和東王公說什麼都告訴妳的話就不是歷練了。」土地爺不好意思的說，有些事上頭有命令他真的不能說。

「算了，我也知道土地爺爺你的難處，我會小心的！」老者一臉遺憾，看到他這表情芙蓉也有點過意不去，她不應該把別人夾在自己和上面那些大人物之間做夾心人。

無奈的嘆了口氣，芙蓉知道自己要是撒嬌的話總會有辦法讓對方把話吐出來，但是到頭來她領了方便卻換土地爺得被人責罵，這種既是恃寵而驕更陷別人於不義的事少做為妙。

「有事隨時叫我們呀！我們這些地仙雖然法力不高，但有時候很幫得上忙的！」

對於芙蓉的善解人意，土地爺很是喜歡，要知道他們地仙在仙界是勞動階層，有時候一些天仙下凡來對他們雖不失禮，但卻明顯讓他們感到雙方差別，之前還有隻猴子老愛把地面跺出洞來將他或是山神叫出來，令他們非常困擾。

和土地爺爺道別之後，芙蓉在街上遊盪了一會，這人來人往的大街與集市令她感到新奇，但人多氣場就混亂，對由天地靈氣聚集而生的她來說，越是人多她越是覺得渾身不自在。

逛了一下午，芙蓉也不是全無收穫，和幾位偶遇的地仙打過招呼，對京城的環境和情況是多了一點瞭解，她也掌握到了緊急逃生的避難所位置，和土地爺爺說的一樣，京城內佛寺和廟宇的數量滿多的。但是，這些收穫還是幫不了她解決李崇禮的問題。

既然暫時沒地方要去，芙蓉便回到王府，正好遇上歐陽子穆向李崇禮報告之前交代的事。

「傳言行使厭勝之術的宮女是張昭媛的人，但亦有人說那是出自同一家族張淑妃的意思，替罪的宮女已經自盡死無對證，張昭媛只被治了個管教下人不善之罪，且有張淑妃保住她，並沒有被皇上問罪。」

「張氏……」

宮中的爭鬥李崇禮自小就看得多、知得清楚，後宮嬪妃們無時無刻都在爭寵，年輕時爭皇上的注意力、期望能抓住皇上的心多一會，爭到了給皇上生個皇子；當兒子們長大後，這些在後宮的女人們又為了自己兒子能做下一任的皇帝無所不用其極。

這個時候皇帝的心在不在她們身上已經不是最重要的了，她們現在最著緊的是用自己娘家的勢力去做兒子的後臺，想辦法扳倒競爭者，皇帝新納入後宮的女人只要不生兒子她們都不會太在意。

但這個時候的女人才是最可怕的！為了讓兒子成為皇帝，說不定連自己的丈夫都可以出賣。

幸運的是李崇禮的母親不是這類人，或許她也曾想爭，但是她的身體卻不允許她參與這麼刺激的事，娘家也沒有雄厚的實力，所以皇帝才會在李崇禮成年後送他出宮，連王妃也替他找了個立場比較中立的將軍之女，皇帝是想他當個閒人總比蹚進立儲的禍水中好。

李崇禮自己也是這樣想。但是他沒這心思別人不一定信，他待在外面就被解讀成韜光養晦，無論他做什麼都被猜測是不是有什麼布局，就連他在宮裡靜靜待著養病的母妃也成為有心人施行厭勝之術詛咒的目標。

「王爺，再打聽下去恐怕……」歐陽子穆面露難色，現在問到的事情可說是公開的祕密，傳到皇上耳中也不會怪罪什麼，但再深入探查就不是同一回事了。

「這就夠了。去準備一下，明天我進宮去看看母妃。」

「不行！」忘了自己是在偷聽，芙蓉一聽到李崇禮不聽話要跑出去時立即跳了出來雙手扠腰，臉上擺出她自認為最凶惡的表情。

可惜她忘了解開隱身術，李崇禮看不見她只聽得到聲音，而且聽到了也只是遲疑一下，發下的命令還是沒有改變。

「王爺？」注意到李崇禮不自然的表情，以為他身體不舒服的子穆擔憂的湊上前。

「我沒事，你去打點一切吧。」

打發了子穆出去，李崇禮本以為芙蓉會第一時間現身責罵他不聽吩咐，說好不准離開房間的，現在不只是出去，更是要去剛剛才出了問題的皇宮。

李崇禮偷偷的勾起一抹淺笑，想著會被芙蓉如何責罵，但等來等去都沒聽到她的聲音。

芙蓉的確是想抓住李崇禮的衣領好好教訓他竟敢大膽不聽勸，好讓他知道凡人把她這個姑奶奶的話當耳邊風會有什麼可怕下場，可是當她正想像著與東王公相似的人要被揪耳朵的畫面，一道陌

生的氣息卻在外邊飛快的掠過。

似仙非仙，像妖非妖的，這樣的氣息九成是成了精、有不少道行的精怪。精怪在仙人眼中屬正屬邪的界線很模糊，芙蓉不太喜歡這種成精的生物，牠們往往壓心太重，行事大都以自己的利益為中心，乖一點肯遵守天規修成正果的往往是少數，大部分山精妖怪化成人形、得了法力後都會作惡鬧事，小小的惡作劇還能睜隻眼閉隻眼，但如果以不正之心害人那就容不下了。

可疑的氣息一閃即逝，但芙蓉卻輕易抓住了那已經隱藏起來的一絲痕跡。那裡是之前她過門而不入的王妃院落，心理上雖然仍是不想接近那個吵耳的地方，但是那道氣息實在不能坐視不理。

那不是一些小妖能發出的強大氣場，如果沒有三、五百年的修行，是不會有這種程度的氣息，有這種道行的精怪已能化成人形，說不定早就潛伏在人群中了。

「何方妖孽！」芙蓉想不到自己也有喊出這名句的一天，從前在仙界想看隻妖怪都難，她的妖怪知識除了借別人的寶貝窺看凡界時瞄到幾隻之外，大都是靠看仙界版《山海經》的。

如果換作那些需要不時下凡整頓秩序的仙將喊出這句話，一定不會覺得彆扭。芙蓉就是覺得自己一點氣勢都沒有呀！而且慚愧的是，她沒法從這氣息分辨出是什麼類型的妖怪。

「哎！這位生面孔的女仙大人，我不是故意要招惹妳的，只是看妳正苦惱著這宅子主人的問題才想好心幫一把而已。」

隱藏身影的妖怪頗合作的先發聲，語氣頗有討好之意，不過芙蓉才不會這麼容易上當。

「哼！敢說李崇禮的事和你無關！」有句名言無事不登三寶殿，這傢伙這個時間出現在她面前一定有鬼！

「冤枉呀！我很奉公守法的，害人性命這種事我從來不幹，最多就只是惡作劇一下，好歹收了祭禮不做點什麼也說不過去。」

「妖孽還敢狡辯！」對方光在言語上做功夫卻不肯現身，芙蓉挑眉怒斥一聲，長袖一揮手上已經多了一條烏金長鞭，鞭子外表平平無奇但卻是正宗仙界寶貝，製作者可是寵溺芙蓉寵到無以復加的道德天尊，即使是個稍有修煉的凡人拿起來隨便用用也能殺妖，何況芙蓉本身道行也不低。

「等等！請收起妳的鞭子吧！我對天發誓我只是不想這次的事被栽贓到頭上，才冒險在女仙大人面前出現，難道我不怕妳收服我去勞役嗎？」

「收了你有什麼好處？禍亂人間的妖孽直接滅了就好！」用不知從哪位天將身上學回來的語氣喊話後芙蓉並沒有動手，反而眼睛轉了轉，定睛看向王府屋頂的一角，狠狠一瞪。「出來！」

「哎！眼睛真利。女仙大人得先保證不會一見到我就滅了我，不然我不把知道的告訴妳。」

「再囉嗦就有的是辦法把你弄得灰飛煙滅！」

「好吧！」那人有點刻意的幽幽的嘆了一聲，隨即在王府屋頂一角泛起了像漣漪般的波紋，一個身穿古服卻沒有戴冠的男子雙手作揖的朝芙蓉輕輕一禮，他表現得有禮且謙恭儒雅，但是眼神卻騙不了人，這傢伙絕不如外表般好相處。

「吾乃陽翟之九尾狐，塗山。」

一提到古地名，芙蓉頭腦就轉得特別慢，好不容易翻出記憶弄清楚陽翟是什麼地方後，她又開始疑惑了。仙界版《山海經》中提到青丘山的九尾狐並非惡妖，而且和陽翟塗山氏甚有淵源的水官大帝夏禹大人正在天庭過神仙生活，這隻九尾狐說不定年紀比她還要年長呀！

還好剛才她沒有先動手，不然打起來誰勝誰負還不知道。

「陽翟？你不待在那邊修行跑來這裡做什麼？」

陽翟和這裡有著不算近的距離，他該不會想告訴她，他是散步隨便走過來的吧？

「女仙大人有所不知了。」

「是的，我是不知道。」芙蓉老實的點頭。

自稱名為塗山的九尾狐男子嘴角抽了一抽，勉強維持謙遜的表情。「我是隨數朝前的某朝臣一族前來的，女仙大人也可以理解為報恩。」

「那你現在是在幹嘛？不回去偏偏又攪和到凡人之間的鬥爭裡嗎？還是說，是你在背後煽風點火的？」

「女仙大人言重了。假若我有意生事的話，事情應該早就一發不可收拾了。」名為塗山的九尾狐用長袖的袖角遮了遮嘴角的笑意，這個動作像故意遮掩他的笑容，又像在刻意提醒芙蓉注意看一看他的長相似的。

看在芙蓉眼中，塗山大概想要強調就算他是男的，他的俊容也不會輸給褒姒和妲己這些被喻為狐媚惑國的禍水美女吧？

「用男色禍亂天下聽起來滿恐怖的。」芙蓉兩條秀眉擰在一起，男色惑國她真的接受不了。

「咳咳！總之先不用理我為什麼待在這裡不回去，這次皇宮裡的事和我無關，就算有人求我，我都不會照做這種事的。」

「憑什麼我要信你？」一句話把塗山的話堵住，芙蓉說的正是雙方之間最嚴重的分歧，她不信塗山完全沒有害人的可能性。

塗山嘆了口氣，他的確沒有辦法讓初次見面的芙蓉信他，作為一個女仙，見到他沒有不問情由攻過來已經很不錯了。但他還有想做完的事，現在不能被抓住，這也是他特地來一趟的目的。除了不想讓芙蓉誤解李崇禮身上發生的事是他所為，更重要的是他同樣要保住這個年輕的五皇子。

「把不祥之氣帶進王府的是王妃，不信的話妳可以親自去查一下，看她到底帶了些什麼髒東西回來。」他伸手指向屬於王妃的院落，正好指到剛出了屋的野蠻王妃。

「不是吧？謀殺親夫！」芙蓉摸著下巴推測著九尾狐塗山所說的有幾分真確。對於那位王妃，她的確沒好感，當王妃和李崇禮打照面時也的確是有不尋常的氣場出現，但只憑這些便認定王妃對李崇禮做了什麼，未免有點武斷。

「女仙大人何不親自驗證？」

「不用你說啦！」芙蓉本想教訓這隻九尾狐不要用這種「妳看著辦」的語氣和她說話，但視線只不過是移開了一會，九尾狐就已經不見了。空氣中留下淡淡的九尾狐氣息，芙蓉卻沒法追蹤下去，因為對方把行蹤完完全全的隱藏起來了。

感覺有點奇怪。芙蓉想到之前土地爺爺找她也得攀在圍牆上叫她，沒有門神允許，外來者不論人、妖、仙都會被擋在門外，芙蓉能進來是因為她是奉命來工作的，但那隻九尾狐為什麼可以自出自入？而且門神沒有冒出來先和他打一場？

四 後路王牌要先備著……

「好麻煩呀！玄女根本就是要我的！什麼是簡單又容易的工作呀！」

太多不肯定的因素讓性子急的芙蓉瀕臨抓狂的邊緣，她只是想找出李崇禮身邊那不祥氣息是什麼回事而已，不用跑出這麼多可能性吧？

皇宮有人施行厭勝之術，現在跑出一隻九尾狐說和自己無關更指王妃有問題，那就當王妃真有問題好了，九尾狐的存在也是得解決吧？總不能眼睜睜的看著一隻已化形的狐狸精四處跑呀！

雖然心情不快，但芙蓉還是飛進了王妃的院落。或許是因為聽過九狐尾的話，芙蓉覺得自己有點變得先入為主了，一進院子她就感到渾身不自在。

現在是夏天，並不是百花盛放的初春，院子裡的花草樹木即使翠綠，卻令人覺得少了一些生機。芙蓉站在院子正中，四周淡淡的死氣讓她全身的寒毛都豎起了，不祥的感覺讓她心裡敲響了警鐘，如果這種情況發生在李崇禮的院子，說不定他早就死了，為什麼王妃會一點事也沒有，還生猛得可以去踹別人門板？

說不通呀！

芙蓉感受著氣場中的變化，很快就找出了散發這不祥氣息的地方。院子一角的一座假石山造景後方，這裡很少人會特地拐去看，隱蔽性也很足夠，但可能因為這樣，埋東西的人就大意了——明顯翻過的泥土只差沒插個牌子告訴別人這裡有埋東西。

芙蓉猶豫著要不要現在把東西挖出來查看，但萬一埋的真不是什麼好東西的話，在這快入黑時分開挖，絕對不是什麼好主意。

明知道東西就埋在這裡卻不能立即弄清楚，芙蓉心裡相當不自在，她撫了撫手上不停豎起的雞皮疙瘩，把心一橫，施術將埋著東西的泥土翻開，一陣極之噁心的腐臭味道從地下湧出，芙蓉掩著鼻子大大退了十幾步，距離雖遠，但她還是隱約看到挖出來的是一堆腐爛的骨肉。

除了臭味，那堆骨頭還飄起了一道既陰且冷的邪氣，感覺比李崇禮身邊纏繞的要濃烈得多。

「這是咒術！完全是害人害己的東西呀！」

芙蓉聽多了在凡間作亂的妖怪或是誤入歧途的修道者會用很多不同的邪法害人，可眼前這種她卻是第一次見到，說那是巫蠱又不太像，而且施行的方法很粗劣，不太像是有修行過的人做的，但那種邪門陰冷之氣又貨真價實的存在。

不過，不管製作方法是好是壞，這種東西絕對不能留！

「天為象、地為相……」芙蓉唸起了咒語配以指印走步。

所謂的仙術，有時候也得藉助天上眾神的力量，和凡人不同的是芙蓉倒不必設壇作法也不用跳那些有點詭異的祭舞，更不必指天篤地又跺腳的大叫急急如律令。

若是真的要喊出口，她或許會把所有咒語都列為禁句絕不唸出口。

任那邪術上依附的願念再強，也敵不過一個正宗天仙施展出來的攝邪咒，仙人們自身有罡氣護身，這種程度的陰邪之氣根本不能接近芙蓉，現在她施法更是令邪氣陸續消散。

一道詭異的風吹過後，王妃院落裡的陰冷邪氣消失無蹤，不過那腐臭的味道還在就是了。

「發生了什麼事！那風是怎麼回事呀！」王妃吵耳的聲音依舊，怪風才吹過，王妃已經緊張兮兮的從屋子裡跑出來，就算侍女們說外邊風大奮力阻止也沒用，她提起裙子就跑，而空氣中飄盪的腐臭也讓她忍不住掩鼻乾嘔起來。

當王妃看到地上破開的大洞，而原本埋在裡面的腐肉和骨頭已經暴露在空氣之中，她的臉色變得無比青白，陪同她的侍女也驚慌的避開了視線，不敢正眼去看這嚇人的畫面。

芙蓉沒有太多心思現身去質問王妃這樣做的理由，埋藏在地下的邪術已經除掉，在這王府之中，應該暫時不會有東西再危害到李崇禮的安全。

或許她等一下要做的是找李崇禮聊聊他的王妃會用邪術一事，要是他心裡完全沒底、不及早防備的話，早晚有一天他會不明不白的被自己的妻子害了。

「我要進宮！快！快給我準備！」嚇得臉色發青的王妃回過神後朝貼身侍女叫道，她抱著自己兩臂微微的抖震，一張俏臉哪有之前的氣焰，要不是她臉上有畫妝，恐怕發青的臉色足以先把侍女嚇昏了。

地下埋的東西暴露出來令她很慌張吧？芙蓉在一旁看著這一切。

就算這院落是王妃的，但整個王府卻是李崇禮的，這件事不可能瞞得住這宅第的主人，被李崇禮知道王妃背著自己做這種事，他們的夫妻情分說不定真的要完蛋了。

「王妃娘娘，天色已經開始入黑，皇宮有門禁，現在通報也來不及呀！」

又是皇宮。

本已經轉身走了幾步的芙蓉聽到王妃說要進宮就皺起眉，李崇禮說自己的不適可能和宮裡有人施行厭勝之術有關，那隻突然冒出來的九尾狐也是來自皇宮，現在王妃的邪術被破，第一個反應除了震驚竟然是入宮？

要是芙蓉還認為這一切是巧合就太單蠢了。皇宮裡應該真的出了問題，李崇禮那傢伙明天還要進宮，越想就越有送羊入虎口的感覺。

踏地騰飛，芙蓉飛過圍牆回到李崇禮的院落，屋內已經點上燈，下人們忙碌的打點主人的晚膳。在吃飯的時間打擾別人不太禮貌，但待在外邊等他吃完芙蓉又很無聊，猶豫了一會，芙蓉決定乾脆出去在附近找間寺廟轉一圈。

※　※　※

芙蓉對寺廟供的是哪位不太在意，她人緣好，不會有仙人把她拒之門外，但下意識她還是找了廟宇而不是佛寺。西方極樂的菩薩們雖然親切又好客，但缺點是長氣了些，跑去找他們說不定打完招呼接下來就是得聽上一、兩個時辰的佛家道理，以她的性子聽半個時辰都得抓狂了。

距離最近的廟宇如果用腳步行也得走上好一段路，因此當芙蓉走到時，天已完全入黑，廟祝也已經關上門。穿過圍牆來到裡面，除了主殿還亮著長明燈外，四周黑漆漆的。這是供奉二郎真君的廟，芙蓉走到主殿內抬頭看了看供奉的神像，嘴角實在無法控制的扭出詭笑的弧度，在笑出聲來之前她趕緊掩著嘴，但臉卻悶成紅通通的了。

「二郎真君，芙蓉來打擾一下了！」好不容易用沒有笑腔的聲音向神像打了個招呼後，芙蓉連忙轉過身用背對著二郎真君像，嬌小的肩膀不住的抖震，她不是感動而是笑到快不能自制了。

「真是沒禮貌的丫頭。」

一道霞光閃過，神像前出現了一抹半透明人影，二郎真君本人還在天宮忙碌沒有多餘時間下凡，聽到芙蓉在自己的像前打招呼，基於禮貌他還是抽空弄個虛影現身了。但想不到芙蓉這丫頭看完他在凡間的造像會笑到快抽筋似的。

「因為完全不像嘛！根本聯想不到這就是你。」芙蓉很不客氣的指著二郎真君身影後的造像。「那雙吊高了的眼睛和額頭正中間誇張的天眼是怎麼回事呀！噗……」

廟內的二郎真君像雖然也盡量做得白白淨淨，英明威武，但和真正的二郎真君還是有巨大的落差，就以那隻天眼為例，真君的確是有天眼，但那不是真的多了一隻眼睛呀！

本尊生著一雙美美的丹鳳眼卻最常用來瞪人，真君平常都用頭髮遮住額頭，有需要時才把頭髮撥開露出天眼的位置，所以芙蓉一想到真君額頭上多了一隻單眼的樣子就忍不住笑了。

三隻眼的人看起來滿像妖怪的不是嗎？

「真是夠了妳。再笑我就不客氣把妳攆出去，再發話不讓其他廟的仙人收留妳，看妳還能到哪裡去。」翻了個大白眼，往日也有份把芙蓉寵上天的二郎真君知道芙蓉得下凡歷練抵債，玉皇和西王母都發了話，非到危急關頭他們都不准幫太多，雖然話是這樣說，但什麼是幫太多，他們眾仙倒

是可以自行衡量的。

當然，甜頭還是不能太輕易就讓芙蓉嚐到的。

「真君小氣！」嘟起嘴拉長尾音，芙蓉這招過往百戰百勝，連三位天尊都捨不得她不開心，小事總可以撒撒嬌就解決的。

但大事……像這次她闖禍累積出來的帳單就得公事公辦了。

「哼！無事不登三寶殿。說吧！妳是有事要幫忙所以來找我嗎？」

「其實我只是隨便挑一間廟逛逛的。」本著不說謊的良好美德，芙蓉不敢正眼看二郎真君，怕對方一個氣起來拿出三尖槍把她釘在天花板過夜。

長長的丹鳳眼盯著芙蓉看了好久，久得小女仙渾身都冒出雞皮疙瘩時，二郎真君才垂眼嘆了口氣。「和妳認真是我傻了頭，算了。反正我都來了，妳有什麼要幫要問的快說。」

「就說真君你人最好了！」完全忘了自己剛剛才說人小氣的芙蓉，頂著一臉得意的笑容三步併作兩步的走到真君面前，故作神祕的朝真君招了招手，要他彎身下來聽她說悄悄話。

「有什麼話不可以光明正大的說？」二郎真君不買芙蓉的帳，誓不折腰的站在原地，眼神明白的透露著有話就當面說，偷雞摸狗的事情他不做！

「什麼嘛！我只是擔心你幫我的事情被王母他們知道會罵你啦！」

「少擔心！」二郎真君哼了一聲，沒把他現身其實是王母和玉皇默許的事說出來。

「那好吧。真君知道京城裡有隻九尾狐嗎？」見二郎真君沒有逃避的同意幫她，芙蓉知道他一諾千金，答應她就一定會做到，得到好處了她自然笑得甜膩膩的。

不過，難得二郎真君願意幫忙，她倒不會笨得問真君有關王妃那些妖術的小問題，有這麼一個強大的後援，當然是用來對付那隻她或許打不過的九尾狐了。

他說他叫塗山，事後芙蓉想了想，塗山最多是一個古部落的姓氏，那隻九尾狐就算和塗山氏淵源再深，也不至於以塗山為名吧！

要是得和他打起來，她一定要先推二郎真君去擋一下。

「京城中的九尾狐？」二郎真君納悶了一下，然後恍然大悟芙蓉說的是誰。「妳說的是塗山那位狐仙嗎？」

「欸？連真君都說他是狐仙？道行有這麼高嗎？」聽到二郎真君竟然認識那隻九尾狐，芙蓉感到十分驚訝，地仙們知道地盤上有一隻千年道行的狐狸就算了，想不到連待天宮上的二郎真君都知道，可見那隻狐狸真不簡單呀！

「妳怎麼會見到他的？聽聞他只待在皇宮一隅從不出宮，但宮中之事不聞他曾插手干預，所以天宮也沒理會他，照理說妳的工作不會和他打照面才是呀！」二郎真君有點疑惑，以他對芙蓉的工作內容的認知，應該只是處理一下那位王爺的劫，怎麼突然急轉直下跑出個狐仙？

「他自己跑出來的，要滅了嗎？」

「別說笑了，憑妳滅得了他嗎？」二郎真君挑起眉像是取笑芙蓉的不自量力。「塗山的事妳不用擔心，那傢伙安分了這麼多年也不會現在才作惡。不過妳也要小心一點就是了。」

「嫉惡如仇的真君竟然會為狐妖擔保？」芙蓉誇張的拍著二郎真君叫了起來，這太不像是她認識的真君的處事手法了！

「多事！要是沒事的話我也不便多留，這晚妳看要不要在廟裡過吧。」

二郎真君不願再多說，芙蓉也知道他的確不便出現太久，只好向他揮揮手說再見了。

真君現身帶來的七彩霞光一褪去，廟內又回復到之前的昏暗，芙蓉又看了看和真人完全不像的神像笑了好一會後，她還是決定不在廟裡過夜了。

戌時的打更聲響起，芙蓉走在京城的大街上，這個時候街上大抵已經沒有行人，就算是夜夜笙歌的平康坊街頭也少了些四處走動的騷人墨客。

黑夜不是人類主要的活動時段，就算是京城街頭，入黑後也多了一些白天看不到的遊魂或是小妖，芙蓉自身有罡氣護體不怕這些幽魂小怪近身，道行不夠的看到她還會先繞路逃命。

一路走下來和好幾組正在工作的鬼差打過招呼後，芙蓉又回到李崇禮的王府，出門前燈火通明，但這時候回來下人大都去休息了，只剩主人們的房間還點著燈。

飛上王府的屋頂上看著黑漆漆的天空，這是芙蓉第一次看凡間的夜空，抬頭看著天上的星宿，不期然就會對應著她所認識的星君們。

仙人們可以不吃不喝不睡，就算來到凡間也不必入鄉隨俗吃飯睡覺，再說芙蓉也沒有一個好地方可以讓她好好睡一睡，乾脆曬曬月亮打坐一下好了。

※　※　※

日出東方，耀眼的晨光讓芙蓉不禁瞇起雙眼，日出月落這些大自然的變化在仙界並不明顯，所以凡間的星空和日出日落才會讓她覺得這麼美，而現在的日出正好令她想起了東王公。

明明東王太一是代表陽氣、太陽的神祇，偏偏東王公的個性卻不像太陽般猛烈。硬是要用陽光來比喻東王公，他就是春日和煦的陽光，和現在的盛夏烈日一點關係都沒有似的。

現在和東王公有著相似容貌的人準備出門了。那個叫子穆的僕人也換穿了一身行頭，看來在宮中他也是有位階的，不過芙蓉還沒厲害到看衣裝就懂得他官從幾品。

換穿了王爺袍服金冠的李崇禮從屋子裡走了出來，光走幾步他就步履不穩的要歐陽子穆扶他一把，看到這幕芙蓉十分不解，王妃埋在院子的東西解決了，他的情況應該有改善才對，不該過了一夜情況好像更嚴重似的。

有外人在，芙蓉只好先隱身跟著李崇禮的隊伍走。轎子過了宮門進了大內，卻沒有到朝會的地方，而是直接往後宮去了。

芙蓉隨著李崇禮的轎子邊走邊看、打量著皇宮四周，在凡人眼中美輪美奐的宮廷建築落在她眼裡就是幾面高高的牆，沒有生氣、只是用一堆銅臭堆起來的地方，而且皇宮選址再好也難免有怨案發生，所謂伴君如伴虎，好皇帝有時候也不得不為長遠利益莫須有的把臣下處死，更說別深宮中的女人對爭寵的怨恨有多深了。

這不是簡單就能化解的怨氣，在芙蓉眼中，皇宮是烏煙瘴氣的地方。

轎子在一處宮門前停下，李崇禮在後宮沒有用御轎出入的恩賜，所以就算他是皇子也得走路。

李崇禮下了轎，芙蓉走上前近距離觀察到他的氣息其實不差，之前在印堂看到的黑氣已經消失了，但偏偏他的腳步又顯得虛浮。

不會是裝的吧？

芙蓉默不作聲的跟著，歐陽子穆扶著李崇禮在皇宮中左轉右拐的，好一段時間才走到他們的目的地，後宮中不太起眼的一角，雖然是獨立的一座宮殿，但在這裡做事的人少就顯得分外冷清。

從李崇禮通報再走進宮殿大門起，沿途只看到兩個正在忙碌的宮女，宮殿四周掛著的垂紗沒有好好扣住而隨風飄揚，空氣中有著淡淡的焚香味道，但這香味仍是蓋不住另一種淡淡的氣息。

那隻叫塗山的狐狸在這裡！

芙蓉正搜索著塗山到底藏身何處的時候，這宮殿的宮女們已經趕過來把李崇禮迎了進去，芙蓉立即緊跟上去，怕王妃的邪術弄不死他換被狐狸害死了。

就算二郎真君說不用理那隻叫塗山的九尾狐，芙蓉還是放不下心。

李崇禮讓子穆扶著走進殿內，一個已經梳過妝但是臉色仍顯得蒼白虛弱的美婦人就靠在躺椅上，李崇禮看到旁邊擱著仍熱的清粥，立即接過親手服侍美婦用早點。

「母妃身體可覺得好轉了嗎？」

「好多了。崇禮你才是，身體不舒服還勞累進宮來。」病中的美麗婦人對兒子的貼心感到窩心，同時又擔心兒子的身體，眉宇間的憂色看得李崇禮皺起了眉頭。

「兒臣沒大礙，母妃身體不適，兒臣該時常進宮探望才是。」李崇禮很專注的輕輕吹涼手上的粥，看到母親的臉色就知道她的回答有不少是假話，只是說來讓他安心罷了。

「真是母慈子孝呀！」芙蓉坐在宮殿一角沒有太接近，看著人家一對母子在說體己話，她心裡是有一丁點羨慕的。生自天地靈氣的她，說得好聽是以天為父、以地為母，但是這對「父母」可不會和她說什麼體己話呀！

不過羨慕歸羨慕，芙蓉沒有要投胎試試做人的衝動。

晃著腳看著那邊一對母子還在餵粥，剛見過的那兩名宮女又開始在冷清的宮殿打點別的事情，除了她自己，能看到的就只有四個人，現在剛好多一隻狐狸。

芙蓉轉頭，果然看到假正經的狐狸在身後對她一禮，然後走到她的旁邊靠著一根柱子站著。

「看來女仙大人妳是真的把王妃惹出的麻煩解決了呢！」

塗山的笑包含讚賞的意味，這讓芙蓉看得不爽，他笑得好像她成了他手下似的，手下出門辦事辦得好，主子高興的稱讚兩句一樣。

「這次算你沒說謊，但你是怎麼出現在皇宮的？你認識裡面的哪位？」故意表現得冷冷淡淡，芙蓉只看了塗山一眼就轉開臉，很不給他面子。

「我知道她，但她當然不知道我了。我留下來也只是看看熱鬧，難得遇上一位身陷宮廷卻向來弱勢的女人，單純想幫她和她兒子一把而已。」

「是真的嗎？」

想到二郎真君對這隻狐狸的評價，芙蓉沒上一次防範得那麼深，但是對他所說的話也不打算照單全收，一隻男狐仙混在滿是女人的後宮實在太可疑了。

「雖然我是化形的狐仙，但自問從來都沒做過什麼有違天規的事，最多就是幫這些妃子變得明豔照人多一點點。」

「怎樣幫？」女生總是對美醜很敏感，自然就會好奇了，不過芙蓉是好奇塗山這個大男人難道是現身教女人們當狐媚子嗎？親身示範？

「女仙大人，妳的表情像在想什麼不能說的內容似的。妳想多了。迷惑人心是大忌，我最多也是適時讓她們在皇帝面前跌一跤，或是讓競爭對手出出洋相這些小事而已。」

「大材小用了吧？」本以為最起碼會聽到他培養了個什麼傾國傾城的禍水出來，誰知真相竟然是只會做些小鬼才做的惡作劇？

「女仙大人別開玩笑了，我將來還想回山林過日子的，做些出格的事想天宮派人滅了我嗎？」

「哦！原來是這樣。那麼聽說這皇宮中前陣子有人玩弄邪術，你一定知道什麼吧？」

「妳還有他是為了這件事進宮的嗎？明知道宮裡有問題還進來？」

「他的目的是不是這個我不知道，不過我的確是想知道是不是有關係，再說他現在是我必須要保護的對象，他要來我也得跟著呀！」隨便點明李崇禮現在有她在罩，要是這狐仙不給面子敢礙事，她就抓二郎真君做打手！

「有人用厭勝之術下咒是真的，這宮苑主人受到影響也是事實。」

塗山看了在裡面的美婦人一眼，表情既憐惜又有點同情似的，芙蓉跟著他的視線看過去，連她也有同樣的感覺。

看面相氣息，這位婦人的身體本就不好，再被妖邪之氣纏身的話只怕影響更大，人身的陽氣受損可是藥石無靈的呀！

「是詛咒？」

人生最多不過幾十年，為了權欲和地位而做出這種傷天害理的事，死後必須為了這幾十年間做過的事，可能得賠上好幾倍的時間在地府受苦贖罪，何必呢！

「對方可能是鬼使，這陣子我趕走的妖靈惡鬼就不只一、兩隻了。」

「趕得走？你？」

「我修行好歹也不是一、兩年的事了，妳叫我『狐仙』，這種程度我要做也是做得到的。」塗山裝得很高深的一笑，然後指了指宮殿之外遠遠的天空中正有幾縷黑氣飄起。

如果說仙氣、神氣是以七彩光霞為主要形象，那麼妖氣、鬼氣、穢氣等等負面的東西具象化時都會是深色的，就像現在天空中看到的這樣。出現這麼明顯的黑氣不會只因為一隻鬼或是一隻妖，要是真的只有一隻，那就一定是千年道行的大妖怪，但看現在的情況又不像大妖出世的陣仗，倒像是一大堆重量不重質的髒東西在移動。

「李崇禮！」芙蓉在寬袖中掏出紙張又朝李崇禮喊了一聲，她知道李崇禮現在雖然看不見她，但能聽得到她的聲音。

李崇禮拿著湯匙的手頓了一下，芙蓉知道他已經聽到了。

「在我說可以之前不要離開這宮殿，不只你還有另外的那幾人，要是不聽話出了什麼事，本女仙恕不負責！」芙蓉喊完話也沒理李崇禮是否已經聽進去，她只顧埋首在紙上寫字，然後走到宮門前點了一簇火把紙燒了。

塗山站在一旁看著芙蓉獨自在忙碌，沒有出聲也沒有插手，只是不時看了看天邊的黑氣，確認有沒有朝這邊接近的跡象。

五
他狐仙好歹也是
個仙啊！

一般人家都有門神守家宅鎮邪，這麼大的一個皇宮也不可能沒有，就算真龍天子在朝中有足夠的皇氣，更不可能沒有鎮守皇宮的守護神，這些攔不住的黑氣只能說是籠裡雞作反，是宮裡有人生事了。

「鍾大叔呀鍾大叔，快出來嘛！」

紙張在眼前慢慢的燃燒殆盡，芙蓉像是等不及的不停在咕嚕著，聽到她話中的名字，塗山猜到她把誰找來了。

很少看到仙人不先自己試試用法術解決就直接召喚外援的，而且單是寫幾個字燒了就行？塗山感到有點好奇，在他的漫長歲月中也遇到不少仙人，有的也頗有交情，但他們不像是燒張紙就會出手這麼好說話呀！

塗山在凡間雖有足夠的修行，但無奈仍有很多無法割捨的事物而沒法飛昇，所以可說他是狐妖，也可說是狐仙，是頗為尷尬的存在。他認識的仙人中也不是沒有直接想收了他的。

「妳叫鍾馗來做什麼？」

「抓鬼呀！」芙蓉指了拍天邊的黑氣，和處理不會動的咒術不同，會移動的鬼或妖怪的數量一多，她沒信心一個人處理。

「憑妳的能力在這宮殿布個陣法，再用妳的金鞭跳出去揮兩下不就完事了？」

芙蓉一雙大眼心虛的轉了轉，她雖然什麼都沒說，但塗山一看就明白了。

「妳不會想說其實妳沒有多少戰鬥經驗吧？」塗山無言的看著這個昨天自己擺低姿態對待的女仙，看她昨天甩鞭子的氣勢好像身經百戰一般，原來竟然是隻菜鳥？裝出來的？那他昨天是白白客氣的？

「誰說的！」雖然嘴上矢口否認，但她因為尷尬而漲紅的臉已經徹底出賣自己了。

「外面的我來處理，如果鍾馗真的來了，請妳讓他為這宮殿布個辟邪陣吧！」塗山忍著笑意，既然對方是新手他也不想冒險，乾脆就吩咐她留守原地好了。

「你一個人行不行？」

「行。」塗山勾起一個很深的笑容。

從昨天到現在，芙蓉和塗山是第二次打照面，雖然已經知道他是九尾狐，但他現在的笑容才讓芙蓉覺得他是個真真正正的狐狸精。那笑容配上他的勾魂眼，完全就是隨意眨個眼便能勾魂奪魄的呀！這個危險的傢伙，二郎真君竟然說不用在意？

塗山飛身站在宮牆之上，以他和芙蓉的距離，即使塗山發出警告，芙蓉大概也不會聽得到。

過了一陣子，芙蓉請來的鍾馗也到了，他能來自然也是上面的人授意可以有限度的幫手。個性比較沉默的鍾馗也看到宮殿外面的塗山，但他保持一貫的沉默把芙蓉要求的事辦好，之後一言不發的在旁站著。

因為注意力放在別的地方，芙蓉沒有發現鍾馗一直盯著李崇禮看，待外面的黑氣大部分被驅散，鍾馗認為已經沒有自已幫忙的地方後便悄悄的離開，待芙蓉發現已經連謝謝都來不及說了。

「走得真快。」芙蓉心想只有之後再補寄感謝幫忙的信箋好了。

「誰走得很快？」

身後傳來李崇禮的聲音，芙蓉轉頭一看，發現李崇禮站在她左後方面向著空氣說話，敢情他是只抓準她聲音的大概方向。

「你母妃呢？到裡面休息了？」芙蓉沒有現身，遠處歐陽子穆還在守著，李崇禮知道她的存在沒問題，但沒必要讓太多人知道她。

她走到李崇禮的身邊輕輕拍了他左邊肩膀一下，他嚇一跳的看向左邊，仍是什麼都看不到。

「皇宮人多口雜，不便現身。」

「母妃精神其實不太好，勉強用過早膳也得歇著了。」微微轉向芙蓉拍他的方向，李崇禮看似不想說大多有關他和他母親的話題，說完這一句他就沉默了。

芙蓉不知道自己可以和他冉說些什麼，他們倆之間根本沒有什麼可以聊的話題，她也不好現在和他提起那個野蠻王妃的問題吧？

話說回來，王妃昨天嚷著說要進宮，只是剛巧遇到天色已晚宮門已關才只好作罷，但恐怕現在她也在路上了吧？不知道她進宮來到底會是找誰，說不定等會李崇禮回去時會在路上遇上她。

或許這是個揪出幕後黑手的機會，她可以找出是誰在背後教王妃這樣做，不然事敗之際王妃也不會焦急的說要進宮了。

但查探之前得先處理現在的問題。宮殿整體有鍾馗布下的辟邪陣是不用擔心了，芙蓉看向塗山在處理的方向，剛剛還在對峙的情況突然急轉直下，雙方看似一言不合的打了起來。

現在距離近了芙蓉看出那是帶著黑氣的鬼魔，這些難纏的東西發出一陣難聽的尖叫，空洞的眼窩配上一個血盤大口，外表一整個倒胃口。它們目標一致的襲向站在宮牆上的塗山，背對著芙蓉的狐仙連一步都不想移動一下，古服下的手一揚，一道玉白色火焰把鬼魔黑氣完全的蒸發掉了。

看似是塗山佔上風，但芙蓉還是有點放不下心。

「這宮殿現在有鍾馗的辟邪陣在，讓你母妃以後沒必要都不要出去，這樣外來的妖邪之物就傷不了她。記得在我說可以之前都先不要離開。」說完芙蓉就躍出宮殿飛向塗山的方向，同時甩出長鞭，先前被塗山的玉白火焰打散後又飄近的黑氣紛紛被鞭子打散。

「妳不要過來！」

塗山看到走近的芙蓉立即板著臉，他朝她的方向揚手，芙蓉前面頓時升起一陣濃霧，視線被遮住的芙蓉不敢亂動，下一秒，一條長布條把芙蓉捲住，然後一道推力把她甩進宮殿內。

「塗山！」化成拋物線的芙蓉發出一記怒鳴。

「妳現在先閉嘴！」

「我痛呀！憑什麼我身為受害者還要閉嘴！」芙蓉摔在宮殿地板上，正好跌在李崇禮的腳邊。纏在身上的布條纏得死緊，芙蓉怎樣掙扎都掙不開，只能像離水的蝦子般在地板上掙扎。

「發生什麼事了？」聽到芙蓉憤怒的聲音，看不見情況的李崇禮狐疑的問，因為聲音從下方而來，李崇禮很自然的視線往下，像極了把芙蓉現在的窘態全看在眼內似的，讓她非常尷尬。

「咳咳！皇宮裡果然有問題，現在處理中。」那兩聲假咳完全是此地無銀三百兩的體現，芙蓉在地上像毛蟲般挪開了一點，再努力嘗試解困。

「皇宮天天都在出問題。你們仙人不是很常說人有七情六慾嗎？皇宮就是這些雜念最多之地。」

李崇禮視線往下一看，芙蓉有一剎那又有錯覺他和自己的視線對上了，感覺實在很詭異。

「要待到什麼時候？」李崇禮的視線很快就移開，他看向宮殿外的天空，卻沒有看到芙蓉他們眼中的黑氣，天上仍是藍天白雲，陽光明媚。

「待外面的事先告一段落吧！快了。」芙蓉看了看外面的情況，那鬼魔不是塗山的對手，現在又是大白天，大概再一陣子塗山就能把事情解決了。

外面的事也容不得她操心，她身上纏的布條掙了這麼久仍是緊緊的，在塗山來解救她之前，她只好癱在地上待著，李崇禮走了過來正好讓她打發時間。

「我說李崇禮，你在宮裡有仇家嗎？」

「只要是有機會成為太子的皇子都有仇家。」仍是看著宮外的天空，李崇禮輕描淡寫的回了芙蓉的問題。

「欸？當朝沒有太子嗎？」

「女仙大人不知道？太子殿下在去年立秋時分病逝了。」提到自己同父異母的兄長，李崇禮的臉色顯得不太好看，他的神情凝重得令芙蓉不敢問下去。

「那……那你的王妃呢？看她年紀和你也有幾年差距，是自小認識的嗎？」不敢問太子的事，芙蓉努力的挖掘話題，可惜她的舌頭像是要跟她作對一樣，口一開就提到王妃，完全是哪壺不開提哪壺。

「王妃跟隨其父長年居於西陲，成婚前我連她是什麼樣子都不知道。」提起弄得家中吵鬧不斷的王妃，李崇禮臉上倒是沒有提到太子時的凝重，不過說起自己的王妃，語氣竟然像陌生人般冷淡，芙蓉直覺這對夫妻大概是沒得救了。

一連兩個話題都得到冷淡回應，芙蓉實在不敢再找話題了。讓她再說下去沒準兒管不住嘴，把王妃在王府花園中挖洞埋骨頭的事都說出來了。

她一心想避開這個話題，可惜她忘了事發地點是誰的地盤，那麼大的動靜在眼皮底下發生，李崇禮這個王府主人平日再不愛管事，王妃挖洞埋骨這種不祥事下人是不敢不上報的。

「既然女仙大人都提起王妃了，我想昨日她院子中的事情大概和妳有關吧？」

芙蓉暗自嘆了口氣，她也還沒弄清那是什麼樣的咒術，李崇禮現在提起，她也不知道要說多少才好了。

「我和王妃的關係雖然不好，但王府中的事，我這個主人該知道的還是會知道。女仙大人妳說她這樣做的目的為何？」李崇禮說完，走了幾步靠到宮殿外圍的雕欄上。

芙蓉下意識的看向李崇禮的方向，卻忘了自己身上纏了布條，整個姿勢頓時變得十分扭曲。

「她是你的妻子，當然是你去問她了。」

「妻子？」

李崇禮的回答顯得有點自嘲的意味，芙蓉聽得心一驚，恐怕他對王妃在院子中埋的是什麼，而埋這些東西又會有什麼用，已經心裡有數了。

在李崇禮的立場，嫁給自己的妻子不但做不到相敬如賓，在宮中正傳出有人用邪術害人，而且還害到自己母妃身上時，回頭發現自家的媳婦也暗中在做同樣的事，脾氣再好、容忍度再大的人也是會覺得無法原諒吧？

感覺他們夫妻之間即使真的有紅線牽著，可紅線上頭大概是扭了千百個麻花吧，這份姻緣註定多波多折。要是沒有足夠的理由或是契機，恐怕能和好的可能性十分低。

這方面拜託和合二仙是遠水不能救近火，還是捨遠就近一下，等會問一問塗山的意見？

狐仙、狐妖都好，所謂狐媚，只要是狐狸不論雌雄都應該擅長魅惑之術，雖然塗山自稱沒有做過違反天規的事，但這不代表他沒有意見可以提供。

一有這個念頭，芙蓉立即開始獨自演練，想著要怎樣向塗山開口，把一臉鬱悶的李崇禮撇在一邊沒理了。

看不見隱身的芙蓉讓李崇禮對她的沉默生出很多想法，是不喜他提起王妃的語氣？或是她還知道什麼但不便說出來？

最終李崇禮把芙蓉的沉默解讀成天上仙人不談兒女私情，他看芙蓉的外表是比自己還要年輕，但他從見到她那一刻起就提醒自己，千萬不要因為芙蓉的少女外表而忘記了她的真正身分，她絕對不可能如外表一樣是個沒到雙十年華的少女。

大約過了一刻鐘，在外面的塗山把事情解決了，他意念一動，纏在芙蓉身上的布條終於鬆開了。芙蓉狼狽的甩開布條站起來，才剛站好就看到塗山身上連一點灰塵也沒有沾到，從容不迫的從外面走進來。

但當塗山看到李崇禮就在芙蓉旁邊時，他臉色好像有點為難，結果他沒有直接走到芙蓉和李崇禮的面前，卻是找了根和二人有點距離的柱子靠著站。

「塗山！為什麼……」

芙蓉看到塗山想的不是剛剛在研究的問題，而是興師問罪為什麼要把她包得像粽子般扔回宮殿之中，他這是擺明嫌她礙手礙腳不是嗎？身為崑崙仙山合資格的女仙，比不過對手也罷，就算被人在臉上打出一個熊貓般的黑眼圈也可以，但一來就是像包垃圾般包起扔在一旁，太傷人自尊了！

但她的控訴連一半都喊不全，塗山連忙示意李崇禮就在旁聽，很明顯塗山不希望曝光，可惜他沒有先見之明把芙蓉先毒啞或是堵了她的嘴，名字已經喊出去了，很難掩飾下去。

「塗山？」聽到陌生的名字李崇禮狐疑的問，他以為身邊只有芙蓉一名仙人，看來是不止了。

還好他現在看不到芙蓉的表情，不然芙蓉臉上為難又不知所措的表情已經徹底把她出賣了。

塗山的真正身分怎樣說出口？難道要大大方方的介紹塗山是千年狐狸精嗎？凡間的人聽到狐狸精三個字都不會想到什麼好地方去！

雖然不會說謊是優點，但是在凡間，這個優點就顯得非常吃虧，而且心裡想什麼從表情就看得出來等於沒有祕密了。

「沒事沒事，這樣吧！既然你母妃已經歇下休息，外面的事也解決了，不如你先回王府去吧！早早回去早早吃午飯好不？」塗山不肯再出聲，芙蓉只好硬著頭皮轉移話題。

李崇禮心裡仍是疑惑，但礙於身處皇宮耳目眾多不方便，他忍下了追問究竟的衝動，轉過身淡

淡的喚了歐陽子穆一聲就準備回王府了。

李崇禮一走開，芙蓉就氣沖沖的走到塗山面前，手一伸指尖差點戳在塗山的鼻頭上。

「你！為什麼把我扔回來！」被人包成粽子甩開一事芙蓉始終耿耿於懷。

被罵的人一雙媚眼就看著鼻子前的手指，在變成鬥雞眼之前塗山勾起一抹詭笑，張嘴作勢要咬芙蓉的手指。芙蓉驚得差點沒把手縮回來，而咬不到人的塗山一臉可惜的用袖子遮著嘴，芙蓉肯定他是在偷笑，看他那雙狐狸眼都笑彎了！

一個男人對姑娘家這樣做都是很輕佻的輕薄行為，偏偏這隻狐狸做出來反而一點色氣都沒有，像是大人逗小孩似的讓芙蓉感到鬱悶。

「不好意思，女仙大人的玉手放得太近了些，一個不留神差點就冒犯了。」

何只冒犯，要是咬到了手指說不定都要沒了呀！要是他覺得手指味道不錯撲上來把她拆骨怎辦，她搬得及救兵嗎？

把手小心翼翼的放在身前，芙蓉像隻受驚小兔子般向後跳開了幾步，她不敢靠得太近，怕被生吞活剝。

「不是要回去了嗎？王爺已經出去了哦！」見芙蓉如此警戒，塗山只管掩嘴呵呵笑著。

他指了指芙蓉身後已經空無一人的宮殿，芙蓉才如夢初醒的追了出去，出了宮殿她發現塗山竟然跟在後面，她習慣性的又想把手指伸出去指對方鼻尖了。

「你跟著來幹什麼？」

「之前妳請鍾馗出手了，依鍾大人的性子他自會看望妳要他保的人，既然娘娘的安全已經無虞，我自然要去看看情況比較麻煩的那邊了。」

「李崇禮的事是我負責的！」

聽完塗山的話後，芙蓉心裡的不快更深了，她雖不是自願下凡來工作，但既然是工作，她就有覺悟要做好，她處理不了找人幫忙是一回事，可她還沒要求為什麼塗山要主動插手？

她小小的自尊心在發作，就算塗山是好意，她也覺得他是在故意找碴。

「我知道，女仙大人妳有妳的方式，但我也有我自己的方式，這沒有牴觸。」

哼了一聲，生著悶氣的芙蓉決定無視塗山，心裡盤算著要是塗山有什麼不對勁的行為，她就去找二郎真君幫手。

※　※　※

出了大內範圍，李崇禮上了轎往宮外離去。

李崇禮的轎子在宮牆之間的走道趕著路，走了好一會，迎頭來了一頂和他反方向正趕著入宮的女用轎。跟在轎子後頭走的芙蓉憑氣息就知道進宮的是李崇禮的王妃，只是王妃進宮的時間比她想像的晚了許多，而且偏偏被李崇禮碰個正著了。

已經知道王妃背地裡做了些什麼的李崇禮，不知道會有什麼反應？

一早看出迎面來的轎子所載是何人，歐陽子穆走到李崇禮的轎旁小聲的詢問，兩主僕隔著轎子的窗簾交談了一會，芙蓉見歐陽子穆應了幾聲後就吩咐轎夫慢下來，應該是打算停下來和王妃打照面吧？

這也是人之常情，只是芙蓉有點擔心在這種場合會面，李崇禮到底有什麼話要和王妃說？

王妃的娘家在西陲，在宮中沒有什麼親戚，照理說王妃進宮最多就是去探望夫婿病中的母妃盡一下兒媳的責任，但連芙蓉這個外人都能肯定的說王妃進宮不是探望婆婆的，她不是這麼有心的人，她來大概是為了找教她邪術的人。

跟上去說不定就有辦法知道是誰在背後作怪了！

「女仙大人可別打主意跟上去，小心讓別人知道了李崇禮身邊有仙人出現，否則不只他有難，連女仙大人也一樣呀！」跟著出來的塗山把芙蓉的動靜全看在眼裡，李崇禮和王妃之間是怎麼樣的關係他十分清楚。

他長時間待在皇宮中，什麼事都看多了。即使每一宮的主人命令底下的宮女和太監少說是非以免招禍，但塗山自有打聽的法子。對宮內人物的一切他都掌握得不錯，唯獨他在宮中找不到教會張淑妃等人使用妖術的人。

頂罪的宮女說是在鄉間時聽過的方法，這話騙小孩就可以，騙他塗山就難了。要是那種複雜又麻煩的方法會在民間流傳的話，一年死於詛咒邪術的人數就足以讓地府頭痛了。只能說背後的黑手藏得太深了。

「什麼意思？」芙蓉嘟起嘴，不滿意塗山又干涉她的行動了。

「愛用妖法的人大都喜歡抓滿身仙氣、靈氣的人去當補品。」塗山故意上下打量著芙蓉，一雙狐媚美眸閃出看到美食般的光輝。

被肉食性動物當作獵物來看是非常不舒服的事，偏偏芙蓉知道是塗山在危言聳聽，可她卻沒辦法反駁，在九天玄女給的凡間應變手冊中的確有提到這一點。

看來跟蹤王妃的事不得不擱置了。除了是因為塗山的話，最主要的原因是被截停的王妃一臉不情願的表情向李崇禮問過安後，兩三句話就被李崇禮駁了她進宮的要求。

女子以夫為大，丈夫都說了母親抱恙已經躺下休息，王妃還能用什麼藉口溜進宮？

只見王妃悻悻然的回到自己的轎子，在李崇禮一聲令下，兩頂轎子一同往宮外走了。

沒戲唱了。

跟著大隊，芙蓉看著頭頂上曬得正猛的太陽，突然有點想念在仙界中無憂無慮的日子。她的第一個任務接手不到幾天，看似發生了很多事，但事實上她什麼都沒有處理到。

李崇禮的一劫是什麼？芙蓉不知道。

宮中有人使用厭勝之術加害李崇禮母子，嫌犯似是在宮中頗有勢力的妃子一黨，但真正使術的人是不是她？不知道。背後還有沒有人？不知道。

王妃在王府花園埋骨頭謀害親夫，目的是什麼？不知道。誰指使的？也不知道。

芙蓉仰天長嘆一聲，發生了這麼多事，她還是什麼都不知道呀！

六
玉皇爸爸好擔心
呀……

仙界東方蓬萊仙島上的紫府，這裡的主事人東王公看完今天下屬送上來的報告，完結一天的工作後悠閒的出了紫府，打算回東華臺繼續之前沒有擺完的棋譜。

一路上看到他的仙人們都恭敬的朝他行禮，受禮的當事人態度淡淡的，只看著自己的路，也沒有回應向自己打招呼的人。

以東王公在仙界的地位，看到他不需行禮的仙人可沒有幾個，要是東王公一一向他們回應，一天的時間大概就會全花上去，什麼事都不用做了。

再說東王公的個性就是淡，無論你多熱情，他也只會用這樣淡淡的態度回應。他向下要管理所有男仙，上要聽玉皇和天尊們的指令，沒事發生時還好，萬一有事他的平淡日子就沒得過了，只要頂頭那些人物對他的性子沒意見即可，底下的人愛說什麼都隨他去。

反正不痛不癢。

拖著略長的九色雲袍回到東華臺主殿，東王公才坐下喝了一口香茗，椅子尚未坐暖，棋盤上的棋子動也沒動，就有人來打斷他的安靜了。

幾聲拍動翅膀的聲音響起，一隻仙鳥從打開的鏤空窗架間飛了進來，在室內盤旋了一圈後靈巧的停在東王公旁邊的茶几上。東王公看了茶几上的仙鳥一眼。接收到東王公的視線，這隻通體雪白、尾部有七彩羽毛的仙鳥喜孜孜的跳上前，期待眼前的人快點拿過掛在牠身上的東西。

這是一隻傳信仙鳥，雖說仙人們有的是不同的法術，要和遠方的人說話溝通隨時遁地或是坐彩霞飛去都可以，不一定要用到仙鳥傳書這種原始的方法。

不過，就是有人喜歡。

會用這方法找東王公的人不多，不必數手指頭也知道誰會在這時候找他。但東王公只是看了仙鳥一眼就沒再理會了。

棋子落下棋盤的聲音輕輕的迴盪在廣大的空間中，不時有仙童無聲無息的進來換茶水，離去前他們都忍不住看向那隻仙鳥。傳信仙鳥很努力的在東王公視線範圍內又是跳又是飛，出盡九牛二虎之力去吸引正在打譜的人的注意。可惜仙鳥再落力也沒用，東王公是打定主意把牠擱在一旁，看牠帶來的信沒有他擺棋盤來得重要。

「你到底還要我等多久？」

在仙界的東方迎來了入夜時分的天色時，已經累得不得不停下來休息的仙鳥，突然抬起頭發出了一道帶著抱怨的男聲。

在燈火通明的東華臺正殿突然出現一道幽幽的男聲著實是滿恐怖的，幸好現在沒有仙童隨侍在

旁，不然就要嚇壞小孩了。

「用仙鳥傳訊自然不是什麼重要的事，表示您能等不是嗎？」看著棋盤已經沉思了好一段時間的東王公這才又放下一子。仙鳥等了這一下午他就只擺了十顆不到，也不知道他是把時間花在思考棋局的演變還是根本在想別的事情。

「所以你就由得我等？」掛在仙鳥身上的東西發出微微亮光，聲音就是從這東西發出的。

「那麼您終於忍不住主動出聲是有什麼特別事嗎？」東王公還是沒有瞧仙鳥一眼，他只是換了個姿勢，伸手拿過了剛換不久的熱茶。

「想你過來天宮一趟。」

「已經入夜了。」一句話堵過去，東王公就是不想動，即使只是踩著雲霞飛一下他也不想去天宮，每次過去都會被抓著忙左忙右的。

「是有關芙蓉下凡去處理的事。」聽得出東王公語氣中的不情願，隔空傳話的男人只好直接切入主題向對方擺明來意。

「出點子要她下凡的是你們不是我，我也只是幫忙整理清單和把人看好帶到西王母面前而已。」想起那個曾寄住在他這裡好一陣子的小女仙，東王公淡淡的扯了扯嘴角，不知道是提到她覺得不快還是開心，從那嘴角的動作完全令人摸不著頭腦。

「就算不是你出的點子，那現在你是幫還是不幫？」男人的聲音表現出抱怨的情緒，他不給東王公選擇的機會，而是變相命令對方不得不幫。

「玉皇開口自然是幫，只是重申一下那個不太好的主意不是我提出的罷了。」總算願意看仙鳥一眼的東王公從椅子起身，棋盤就由著現在的狀態放著，像是他去去就回來不會花很多時間。

見東王公步出主殿，仙鳥拍了拍翅膀緊跟著飛了上去。

夜色中，東王公的皓白長髮很是顯眼，隨著晚風，他如雪的長髮和召來的彩雲一起隨風飄起。在仙界的璀璨星河和七彩彩霞間，東王公的身影就像是一道白光，轉眼間他已經來到天宮的範圍。他的出現讓天宮的仙女仙童變得忙碌，玉皇已經等他等了一下午，好不容易盼到人來了，他們不快快打點茶水侍候就太笨了。

和在蓬萊仙島時一樣，東王公還是用那一號表情把朝自己行禮的人無視掉，他遣退帶路的小仙童，自己直接往天宮大殿後方走去。找他的人不在大殿上和天將天官議事，就一定在大殿後的偏廳打發時間，現在已經入夜，大殿也不會有人還待著了。

東王公一進偏廳立即看到已經等得十分哀怨的玉皇，另外還有兩個認識的人圍坐在桌旁，桌子中間放著芙蓉工作單的謄本。

「這東西是想再加頁所以叫我來？」東王公見這三人每個都眉頭深鎖的盯著桌上的本子，心想問題九成出在這本子上，減工作大概不太可能，裡面記錄的內容已經很簡單，即使芙蓉是第一次下凡也該應付得來。所以東王公認為內容應該只會增加而不會減少。

「還加！都變得這麼麻煩了還加！」

三個男人雖然是同席坐著，但當中一名身穿明黃衣飾、頭戴金玉珠冠的男人明顯地位最高，現在這位貴人頂著一張悲催的臉朝東王公抱怨。

硬要說東王公和現在沒有一絲威儀的玉皇有一些相似也可以，不過也只是臉型和眉宇間有點相似，玉皇頭上的是烏黑的長髮，論表情，玉皇也生動多了。

「一定要我親身前來所為何事？」對玉皇的投訴不置可否，東王公在意的是和玉皇同席的另外兩人，他們一個是二郎真君、另一個是鍾馗，這兩人不是會閒著特地和玉皇喝茶聊天的角色。

看到東王公，兩名仙人起身致禮，東王公微微點頭，注意力還是放在誓要他來天宮的玉皇身上。要是外人看到玉皇現在的愁眉苦臉，必定誤會天宮出大事了。

「這個案子呀！到底是誰寫進本子去的？」見東王公主動問起，玉皇也不浪費時間，一個箭步上前把東王公抓住帶到茶桌落坐，還生怕他會溜走似的抓住東王公手臂不放，人帶到桌邊後玉皇立即把翻開的本子推到東王公面前。

「我紫府只負責把你們收集的案子整理成冊，這工作是九天玄女親點的，說是很簡單的。」東王公伸手把本子拿起做做樣子的看了一下，上頭寫的內容的確是芙蓉應該能應付的工作呀！從字面來看，這種工作就算只派個仙童大概也辦得到吧？有必要為了這個特地把他從蓬萊仙島叫過來？

「九天玄女？」玉皇不信邪的又問了一次。

「難道這是九天玄女下的工作單嗎？要是這樣的話，內容可能不只這麼簡單了。」二郎真君聽到這是九天玄女親自指派的工作時嘴角一抽，九天玄女是西王母座下最強橫的女仙，她眼中認為簡單的工作在其他仙人眼中恐怕已是棘手級別。這可能很棘手的工作扔給一個菜鳥女仙負責，怪不得那丫頭在他廟裡問完塗山的事情沒多久就向鍾馗求助了。

「西王母也知道這事，要是有問題她會阻止不是嗎？」東王公不以為然的說，想起那天仙宴時，芙蓉的確是被九天玄女二話不說踢下凡，說不定西王母真的不知道九天玄女指的是什麼工作，不過西王母知不知道已經不重要了。

「但為什麼這個『簡單的』工作會牽扯到塗山的狐仙身上？東王公你要想想辦法呀！」

「想什麼辦法？」東王公放下謄本狐疑的看了眼焦急的玉皇，雖然他知道玉皇很疼芙蓉，但他現在的樣子簡直就像把女兒寵上天，一刻鐘見不到人就會緊張得發慌的笨蛋父親一樣。

而且要他想辦法？他管的是眾男仙，就算真是九天玄女指了高難度的工作，玉皇要找的也是西王母而不是他吧？

「塗山是男的呀！你想想辦法！」玉皇挑眉，一臉擺明那是你的工作範圍所以快幹活的表情。

「那位狐仙位列仙班，在仙籍上有紀錄嗎？」幾秒之後，東王公總算意會到玉皇為什麼說是他的工作，男仙歸他管，不過他能管的也只是在仙籍上有名的仙人，即使有道行但沒歸入仙籍的他管不著，要管也是名不正言不順。

「沒入仙籍嗎？」聽到東王公的回答，玉皇震驚了。

「要是入了仙籍，還會在凡間嗎？」

玉皇徹底呆了，他聽到二郎真君和鍾馗的報告不約而同提到塗山這隻九尾狐已心知不妙，芙蓉那丫頭入世未深，在仙界從來也沒有人對她有什麼壞心眼，這下子剛下凡就有一隻足以狐媚天下的九尾狐在身邊轉，叫他如何安心？

想要讓男仙之首的去管管那狐仙，誰知道人家根本就不在仙籍！

「就算他在仙籍歸我管，但他有做什麼我不得不管的事嗎？」

芙蓉下凡後的動向東王公是知道的，雖然芙蓉是西王母的人，但好歹也是從自己蓬萊仙島出去的，他手底下的仙童們和她也很處得來，她一走，仙童們已經時時刻刻掛念著在問情況了。

「遇上那些大仙，又不歸我們管，芙蓉那小丫頭不就要被吃得骨頭都不剩了?那傻丫頭會不會幫著賣自己的人數錢呀？」

玉皇自顧自的往壞方向想，他越說，同席的二郎真君嘴角就越抽，臉上勉強維持著認真的表情，心裡卻不想認只顧碎碎唸的玉皇是自己的頂頭上司，而鍾馗一臉虯髯鬍子擋著則是看不清有什麼表情。東王公只是自顧自的在喝茶，他早已習慣玉皇為了芙蓉丫頭而抓狂。

玉皇見東王公不理他，兩名來報告卻被留下來的下屬又一臉抽搐，本打算讓他們在東王公面前加鹽加醋把事情說得嚴重點，誰知道東王公進來後他們卻一言不發！玉皇覺得鬱悶了。

「玉皇若不放心，大可另派仙人協助。」東王公禮貌性的提議，好歹玉皇在天尊之下位列最高總要給點面子，最起碼要提一些不太費力的辦法敷衍過去。

「派誰都不妥呀！」打蛇隨棍上，玉皇裝出考慮的表情，沒有一口答應。

「那就算了。」東王公悠閒的喝起茶來，也沒如玉皇心想的再出主意了。

「東王公你真冷血呀！」

「不然還可以怎樣?在凡間修行的仙妖不下少數，芙蓉要是遇上一個玉皇就擔心半天，一開始不要罰她下凡勞動抵債不就好了?」

「我……咳!朕哪知道芙蓉會遇上這麼棘手的事!此事雖由朕與西王母提出，但當初你也沒說不妥，現在事情有變自當從速應對。」玉皇覺得面子掛不住，神色一凜擺出在大殿的嚴肅表情，但是對芙蓉的溺愛仍沒收斂半分。

「二郎真君和鍾馗見過那塗山了?」把玉皇無視掉，東王公直接問同席的兩人，比起只待在天宮的玉皇，實際情況不如問他們更好。

「塗山在京城已不是短時間，一直都安分守己的。」大鬍子鍾馗沉吟了一會，和二郎真君交換了一記視線後，說出了已經向玉皇說過的話。

「知道為什麼這狐仙塗山會和芙蓉遇到嗎?」

東王公這一問，兩人再把芙蓉找上他們時的情況說了一遍。

見東王公願意問詳情，玉皇就閉上嘴在一旁聽，期待東王公出面。

「就這樣？」聽完了過程，東王公淡淡的問了一句，既不憂心更不是上心的樣子。

「你還想怎樣！」靜靜在看情況的玉皇爆發了。

「現在不是塗山幫了芙蓉一把嗎？雖說這個工作或有演變成大事的可能，但順便讓芙蓉歷練不正好？小丫頭也該獨立了。」東王公朝玉皇挑起眉，淡然的臉上少有的出現了鄙夷的表情。「如玉皇不方便出面或不想驚動西王母，那我從東華臺派一人下去總可以了吧？」

「東王公你願意出手就好！」玉皇二話不說答應了，最重要的是東王公肯動手就好！

「玉皇您別誤會，派人下去只是照看，我會嚴令他不准干預芙蓉的任何決定和行動，莫要以為是派人去幫芙蓉做事了。」

「這……」

「天命不可違，既然天要芙蓉遇些麻煩事就有天的道理。玉皇您明白的不是嗎？本是簡單的工作卻牽扯上別的大事，這就是天命，避無可避的。」

玉皇不語，連天都搬出來壓他了還有什麼好說的，他雖是玉皇，但也不能隨便扭曲天道、隨心所欲的擺布所有事情。

再說東王公看穿他不想把事情鬧到西王母那邊，西王母手下那個女強人九天玄女一定會說他們

全都杞人憂天。東王公即使覺得事情不嚴重，至少他會給玉皇面子幫個忙，但九天玄女一定不會！

九天玄女認定不用幫的話，她自己不動手之餘還會阻止其他人插手，試問父愛濫發中的玉皇怎可能去通知崑崙？

「那派去的人，東王公你多擔待點了。」

左思右想天宮有公職在身的仙人不能隨便派去，崑崙不能通知，也沒道理自家的事要賣人情拜託西方極樂，數來數去還是只有東王公手底下的人了。

把事情答應下來後，玉皇只差沒明趕著他回去，東王公踩著彩雲飛回蓬萊仙島，第一件事不是安排派去幫芙蓉的人手，而是回到他東華臺正殿。

正殿的深處，這裡除了東王公本人，其他人都不可以進來；此處除了一扇石門，房間四面都是牆壁，壁上掛了白紗簾，紗簾之後是泛著柔和玄光色調的牆。

一踏進去給人的感覺不是進入一個房間，反而像是踏入一個有點虛無縹緲的空間。

房間除了正中央的平臺和走道外，全是一片波平如鏡的水池，水很清澈透明但看不出到底有多深，映出的顏色也不是池底石臺顏色，而是像黎明的天空一樣在淡藍之中泛著一片金光。

東王公拖著袍子走到正中的平臺，表情像水池一樣無波的看著水面。這水池和天宮中可以窺看凡間事物的寶鏡同類，只不過這水池只有東王公一人可以使用。

東王公在看芙蓉在凡間的情況，只是他用了點法術看的是較早前的情形。

玉皇擔心的是怕芙蓉面對塗山這種千年狐仙會吃虧，但這一點連二郎真君和鍾馗都不擔心，他們更在意的是事情為什麼會牽扯上塗山。塗山本來是牽涉了什麼，而他牽涉的事和芙蓉應該照看的人有關係，這才是東王公現在要知道的事。

這些在芙蓉身上自己看不出來，看著水面，東王公稍微勾起了嘴角。這丫頭下凡後的動靜和在東華臺時一模一樣，要派個什麼人下去他大概是有底了。

※　※　※

有人正從仙界窺看，芙蓉自然不知情，從皇宮大內回到寧王府時日頭已經升到頭頂上了，李崇禮和王妃從兩頂華貴的轎子中走出，一前一後踏入王府正廳，丫鬟連忙上茶侍候。

李崇禮坐在大廳主位，而王妃坐立不安的坐在側位，活像椅子有牙會咬她似的。

從皇宮一起回來的還有兩名隱身起來的女仙和狐仙，從皇宮回來的路是有點遠，但對他們來說只是小事，二人臉上一點疲態都沒有。芙蓉利用大廳一個放著半人高花瓶的雕花木架藏起身影，忠實的表現出她現在是偷看偷聽的狀態。

「躲在那裡是聽，坐在這裡也是聽，相隔也不過十步之內而且沒人看見妳，女仙大人妳有必要躲著嗎？」相比芙蓉閃縮的表現，狐仙塗山大方得多了。

他一身和李崇禮身上風格迂迴的古風袍服，氣勢甚似主人家，還大搖大擺的在大廳找了個位子坐得舒舒服服，雖然沒下人上茶，但看在芙蓉眼中他這個外來的喧賓奪主了！

「誰要像你這麼肆無忌憚的！」芙蓉嘴上是這樣說，但人還是從那個花瓶後方走了出來。雖說有隱身術把身影藏起，但既然李崇禮看不見卻能聽得到，說不定有別人長著一雙陰陽眼不只能看到鬼，連仙人都可看到的嘛！躲好一點小心行事才是上策呀！

忙過一輪丫鬟都已經退下去，識相的退出會不小心聽到主子們對話的距離。

「王妃不坐嗎？」

李崇禮心情有點不快，這個奉父皇之命娶回來的將軍之女天天吵到他房門前，迫他向皇上請旨讓她父親回京也就算了，他大可不理也可當是王妃自小被驕縱慣了想家了，在家刁蠻但對外懂大體

就行了。

但是花園的事他卻不能一笑置之，皇族最忌諱邪魅妖術之事，宮裡剛出事他王府就出了這醜聞，而且王妃連跟他說一聲都沒有就進宮也像根刺一樣扎在心頭，王妃進門後整天弄得家無寧日他可以忍，但她到底在背地裡和宮裡什麼人暗中聯繫了？

宮中那邪術之事雖然皇帝把事情壓下來了，但是知情的都知道那施術的物品上寫的生辰八字一個是他母妃的，一個就是他的。他本來是不太相信鬼神之說，被人詛咒不如被暗中下毒來得可怕，但是現在連崑崙女仙都出現在他面前了，他能不信詛咒之事嗎？

母妃說不定是因為被詛咒身體才會又差起來，而他的王妃平日沒有進宮看望他母妃的習慣，今日卻被他抓個正著。

「王爺……怎麼今天也剛巧進宮了？」少了平日驕蠻不講理的氣焰，王妃心虛的開口。

「王妃也是，怎麼進宮也不先跟我說一聲？」李崇禮拿起茶杯喝了一口，目光看都沒看王妃一眼，這態度讓王妃更加感到焦急，神色由不安開始轉變成氣憤難平的樣子。

芙蓉看他們夫妻並排，很自然的比較起他們的夫妻相，李崇禮長得太像東王公，所以芙蓉對他妻子的要求跟著高起來。王妃顯然沒達到芙蓉認可的標準，雖然芳齡才十八，可身上的華服和梳妝把她硬是弄得大了幾歲似的，臉蛋是勉強合格但氣質實在不行。

「人比人都會比死人，不要把人和仙女比較了。」斜眼看了芙蓉一下，塗山有點無奈的說了句中肯的話。

「如果她不說話靜靜站在一旁倒是個美人。」看到王妃又一張想撲過去找碴的表情，芙蓉一連大嘆了三口氣。

看慣了仙界女仙們的美貌儀態，雖在心裡告訴自己不要把女仙的標準套在凡間的姑娘身上，但芙蓉越看越覺得這王妃快連皮相都不合格了。好歹是能嫁入皇家當媳婦的，怎麼完全沒有大家閨秀的樣子？

「這王妃姓孫，閨名明尚，是老鎮國公的嫡親孫女，父親現在鎮守西南官拜從三品雲麾將軍，她為家中獨女，自小嬌生慣養，出嫁前兩年才從西陲回京。因為是鎮國公嫡系唯一的孫子，從小被寵上了天，性子會變得驕蠻無理也是可以理解的吧！」

「這完全是個人修養吧？被寵著就要驕蠻任性了？」芙蓉不屑的撇了撇嘴，她沒說出口自己在仙界也是個被寵的主，頑皮惹禍她也會做，但她不會目無尊長！

不是說凡間女子以夫為天的嗎？看這孫明尚比較像要把丈夫生吞活剝多點。

「所以說不要把凡人和天上的比，會比死人。」塗山一手支在椅柄上托著頭，和芙蓉拌嘴之餘又聽著王爺夫婦的對話。

本以為李崇禮會追問王妃到底為何事進宮，但沒想到他竟然忍住了，只推說母妃身體不好，命她無事不必進宮，斷了王妃進宮的藉口。

果然一聽到不准進宮，王妃面色一變、紅唇一張就想用平時那套吵鬧，李崇禮冷冷的盯著她，那眼神就像是警告她別撕破面一樣，沒見過他這神色的孫明尚不敢造次了。

「這王爺也不是個好欺負的嘛！」塗山衣角半遮臉呵呵笑了兩聲，正想逗一下芙蓉卻發現她竟然也一臉同意的點頭。

「哎，沒想到女仙大人也這麼會看人心呀？」有點意外芙蓉竟然會點頭，他還以為這小女仙會一臉驚訝的說李崇禮表裡不一，深藏不露！看來她也不是個太單蠢的女仙。

但他心裡誇獎的念頭才閃過，芙蓉已經一臉正經的拿出她隨身攜帶的凡間生存手冊，裡面有一整個章節是九天玄天寫來提點芙蓉有權有勢的凡人有什麼心眼。

塗山無言了，說到底這個女仙原來只會紙上談兵。

「作為皇家子弟，不是完全的廢物紈褲就總會有點心眼兒，不然在權鬥中怎樣死的都不知道呀！」

「在女仙口中聽到權鬥二字真令塗山感到意外。」塗山有點不祥預感，這小女仙到底是從什麼途徑學會這個詞的？

「你經常看的是宮鬥吧？」芙蓉上下打量著塗山，他之前一個大男人窩在皇宮大內，看的不是朝廷權鬥而是後宮爭寵耍手段的深宮大戲，他整天就攪和在女人小家子氣的爭風吃醋中，想到這芙蓉有點同情塗山了。

他也怪可憐的，一個男人老是看女人們在鬥多彆扭！

「請不要用同情的目光看我。」塗山嘴角抽了抽，被人這樣同情叫他情何以堪？「現在仙界也流傳這些亂七八糟的東西嗎？」

「茶餘飯後總有小仙童、小女仙四處八卦，聽得多自然也知道個大概呀！」

妳知道的不是只有大概吧？塗山越發懷疑仙界的教育，不過芙蓉對凡人能為權力鬥得你死我活有個概念總比完全沒有的好。

仙界什麼時候這麼開放，連凡間的腥風血雨都當作是茶餘飯後的話題了？

七
野蠻王妃失蹤了！

李崇禮和孫明尚說完正事也沒有其他貼心話要說，只見孫明尚黑著一張臉帶著丫鬟憤憤不平回去自己的院子，李崇禮則讓歐陽子穆吩咐下去他身體抱恙閉門謝客，也命了門房不准放王妃出門。起身回正苑前，李崇禮環視了大廳一眼，但芙蓉沒有出聲他又看不到，現在人是不是在身邊也不知道。於是，他收回視線離開大廳了。

主子回房去了，大廳的丫鬟也安靜的收拾剛才的茶杯，沒有人注意到大廳的椅子上還有兩個不速之客。

「我說塗山你跑出來是為什麼事？不用待在皇宮了？」芙蓉看塗山一點離開的意思也沒有，甚至嘴裡已經唸唸有詞的說等會要在王府要找個舒適的角落長住。已經沒有回去的打算了嗎？

「宮殿有鍾馗的術法自然不用擔心，現在我比較在意娘娘的兒子。」

「李崇禮嗎？他的氣息是好了一點，但陰霾不散，而且我很在意王妃是從哪學來那種邪術。」

「哦！那像是西南蠻子的術法，那方面我也不是很清楚，王妃到底是想害死夫君然後守寡一輩子，還是被人騙了以為那方法可以把王爺的心手到拿來？要是後者，求我有效率多了。」

這兩個可能性芙蓉都認真的細想了一下，書上說凡間婦人死了丈夫大都守節不再嫁，更別說孫明尚嫁的是皇子，皇族宗室絕不容許王妃喪夫再嫁；李崇禮又沒虐待王妃，所以孫明尚應該不是想謀殺親夫，既然這可能性低，那她是被人蠱惑以為這方法有別的效果吧？

但她實在感覺不到孫明尚對李崇禮有戀慕之情，閨怨倒像有不少。

說到戀慕，剛才好像聽到一句可疑的句子，芙蓉問：「你剛才是不是有什麼危險的提議了？」

「有嗎？」

然後兩人你不言、我不語的各自沉思著，過了一會隱約傳來飯菜的香味，傳膳時間到了。

在大廳坐到快要瞇眼睡著的塗山看到芙蓉還在踱來踱去一臉苦思，他突然有一種莫名的挫折感──感覺自己迫不得已變成保母了。

不用吃飯的兩人沒有餓的感覺，而芙蓉卻不時看著天色，雖然時候尚早，但她已經在考慮自己今晚的落腳處了。

「才過晌午就打算去找落腳處了？」看在千年狐仙眼中，芙蓉這小丫頭的心思很好猜，什麼都放在臉上。

「為什麼你會知道？」芙蓉驚訝的看向塗山，驚訝自己的心思被看穿了。

「妳一個小小女仙應該沒自己的廟，看妳昨天也沒在王府討個房間睡吧？」塗山落落大方的站起身，理了理衣袍後慢條斯理的說，態度和初見時的慎重小心不一樣，認清芙蓉是個菜鳥後他也沒打算擺低姿態了。芙蓉不過是個小小的女仙，按修為資歷，應該是芙蓉對他表現恭敬才對。

「這麼厚臉皮的事你也做得出呀？」

「哎呀！什麼厚臉皮的，我們現在做的是為了王爺呀！要個落腳休息的房間也不過分吧？」

塗山往李崇禮的正苑走去，扔了個眼神給芙蓉讓她跟上，他現在就去討地方住，要麼就跟，不要就算了。

開口向人家討好處實在不是芙蓉所願，但不知道要花多少時間才能解決李崇禮身上的劫，每天入夜後找地方過夜也是麻煩事，而且她更不放心塗山跟在李崇禮身邊。

這九尾狐在打什麼主意還不清楚，天知道他是不是裝好人，實際目的是要把李崇禮吃乾抹淨！

芙蓉跟著塗山潛進了李崇禮正待著的書房，房間主人獨自一人待在裡面，案頭放著一本打開的書，但李崇禮的目光只是有點縹緲的看著書本的方向。

芙蓉第一次進李崇禮的書房，上一次進的是寢室。書房的格局大同小異，和仙界各洞府真人的書房也沒有太大的出入，格局不陌生，但是陳設就很不同了。仙界放最多的不是書籍而是各種仙石或是寶貝，畢竟仙界沒有科舉，放一屋子四書五經也是無用武之地，詩集能找幾本已經很不錯了。

雖說她和塗山已經站在書房裡，但芙蓉還是認為現身前應該先通知屋主一聲，不然他沒有心理準備發出驚叫就麻煩了。

輕輕的敲了敲手邊的木櫃，發出的聲響果然引起了李崇禮的注意，他看向聲音的方向，表情就好像一早知道他們會來似的。

當芙蓉和塗山現身，因為人數增多了而令李崇禮感到十分意外。

「這一位就是女仙大人在宮中時大喊名字的那位嗎？」

「呀……是的。」李崇禮的問題勾起芙蓉心裡的痛，一想到自己被捲成垃圾似的扔開就感到鬱悶。「他先前在宮中照看你母妃的安全，現在那邊沒事了就來照看你。」

雖然沒有幫塗山說話的打算，但不解釋塗山的來歷又不行，看到塗山擺出一臉認真又可靠的嘴臉，芙蓉越發同意仙界說山精妖怪最愛的就是騙人了，塗山可靠的樣子全是裝出來的吧！

「在下塗山。」

塗山對李崇禮行了個古風盎然的見禮，先前芙蓉見過的那種狐媚笑容連影都沒有了，現在他笑得認真又可靠，雖然到目前為止塗山沒有做出什麼可疑或危害他人的事，但狐仙不誘惑人反而可靠又認真，更讓人難以信服了。

芙蓉承認，她有偏見！

「塗山？和大禹時的塗山有什麼關係嗎？」初次見面，李崇禮先是帶著疑惑的觀察，對方明顯不是人，但又不像和女仙來自同一地方，李崇禮有點拿捏不到應該用什麼態度應對。

「王爺比女仙更快聯想到我的身分呢！」

「兩位特地現身是有什麼特別的事情嗎？」李崇禮在芙蓉和塗山兩人之間打量了一會，思量著這兩人之間他該把誰作為談話的對象。

塗山看了開始嘟嘴的芙蓉一眼，她的表情十分明白的表示她非常不願意做開口要求的那一個。她不肯，臉皮比她厚很多尺的塗山也不介意攬下來，反正李崇禮就算不同意，他也會自己霸佔一個房間使用。

「想借王爺院裡一個房間。」

「那讓下人安排一個客苑。」沒有猶豫的李崇禮就想喚人吩咐下去了。

「不用那麼誇張！」芙蓉立即跳出來阻止李崇禮的好客舉動，讓人去打掃一個客苑不是小題大做了嗎！

見芙蓉很堅持，李崇禮只好把正苑的一個偏間借給他們兩人落腳。

一名女仙和一隻千年狐仙共處一室，也是孤男寡女的狀態，房間的四周更有塗山設下閒人勿擾的陣法，可謂叫天不應叫地不聞，雖然這陣法主要是防止王府的下人發現主子的屋子多了人，但既然阻得了外面的，也就是說房間內發生任何事外面都不會有人知道。

芙蓉站在偏室前後堂之間用作間隔的屏風前，她一臉糾結的看著屏風，視線像要把屏風燙穿兩個洞再把後面的燒掉一層皮！

或許是感覺到殺意，塗山從屏風後探頭出來，他設好陣法之後就解除了隱身法術，寬衣解帶的打算好好睡一覺了。看他連外袍都已經脫了下來，露出屏風的都已經是單衣了！

他待得自在，但芙蓉並不這樣想。所謂男女授受不親，崑崙女仙在仙界地位頗高，規矩禮教該管的都有管，同處一室也罷，但這塗山現在算什麼？隔了屏風也是同一個房間呀！脫衣服幹什麼！

「難道說女仙大人也是想午睡卻不好意思開口？」已經脫得只剩下白色長中單的塗山不避嫌的從屏風後走出來，他一頭長髮已經放了下來，完全是一副等吹燈睡覺的樣子。

這個偏室的格局並不是真正的寢室，前堂擺放了茶桌和掛了幾幅字畫，屏風之後有一張軟榻和一些簡單擺設，這裡是李崇禮平日用來小憩的房間，不過大概也沒有用過幾次，房內沒有放置屬於他的私人物品。

房間一眼就看得完，可以用來當床的軟榻也就只有一張，所以塗山自發的把芙蓉瞪他的眼神解讀成她在埋怨他不夠風度，把床給先霸佔了。

「有什麼話坦白說就成，大丈夫能屈能伸，我現在就把軟榻讓妳。」塗山一臉捨身取義表情，抱起脫下來的衣袍就要離開。

「站住！成何體統！回去回去！」看到衣衫不整的塗山，在尷尬臉紅之前芙蓉先吼出來了。

「妳不是要睡軟榻嗎？」

面對塗山無辜的表情，芙蓉覺得自己要炸毛了。這狐狸精也不知道是不是故意裝的！

「你睡你的！」翻了個大白眼後芙蓉乾脆出了房間，確定自己身上的隱身術還在，她乾脆飛上屋頂，決定曬曬太陽就算了。

大白天的睡什麼大覺？懶也要有個限度吧！

只曬太陽也很無聊，芙蓉想起自己沒親自向鍾馗道謝，就摸出紙筆開始洋洋灑灑的寫信感謝對方。信寫完也燒好後她也不敢離開王府出去逛，心怕自己一走塗山就會對李崇禮做些什麼。

再說她也有點被塗山的話嚇倒了，她擔心自己出去亂晃會不會被什麼鬼怪抓去當補品。

看了眼手上的紙筆，原本不擅長抽絲剝繭的她乾脆在紙上寫下了現在已知的事情大概，想來想去，問題好像都出在王妃孫明尚身上。

原本在她的幫助下，渡了厄劫的李崇禮和王妃會是一對琴瑟和鳴的夫妻，但在大廳他們夫婦並排時，她卻看不到這樣的未來。她希望是自己看錯，看面相不是她的強項，但連不擅面相的她都看出不對勁了，塗山那隻老狐狸不可能看不出來。

可是塗山什麼都沒說，現在還躲在房間中睡大覺。

或許她可以找相熟的人問問看，但她不太想欠那幾位人情。之前她第二次炸了東華臺的偏殿時，那幾位好友出於和東王公的同胞愛，狠狠的警告她不准再亂來，現在自己被趕下凡還找他相熟的人幫忙很沒面子的……雖說她芙蓉的面子可能也不值多少錢就是了。

在她考慮這一切的同時，王妃的院落傳出嚇人一跳的尖叫，接著是侍女們的求饒聲和摔碎瓷器的聲音，在王府中發生這種騷動不是小事，管事級的僕人開始打聽向上報告，連平日被要求不要多管閒事的下人們也禁不住好奇開始交頭接耳。

在李崇禮正苑服侍的僕婦聽到王妃院子發生的騷動，也遣了丫鬟去探消息。

不只下人為這騷動忙碌著，在書房的李崇禮和睡午覺的塗山也不約而同的出了房門，只是兩人的神態會讓人錯覺這屋主是換人做了——塗山那副好整以暇等著看好戲的表情是什麼意思呀！沒好氣理會塗山，芙蓉從屋頂移動過去王妃的院子，從屋頂望去見不到王妃的身影，只看到花瓶、茶杯等易碎物件不停從屋中飛出，然後就是侍女們左閃右避不停尖叫閃躲的狼狽景象。

看一個女人歇斯底里的拿下人出氣不是有趣的事，看了兩眼芙蓉就回頭了。

芙蓉回到李崇禮那邊，管事僕婦正在匯報情況，同時歐陽子穆拿著一份拜帖和書信來到李崇禮面前。

「有動靜了。」

芙蓉耳尖的聽到塗山嘴裡吐出了一句可疑的話，這讓她更好奇那拜帖和信是什麼人送來的，會不會是皇宮裡的人？

「王妃的舅母？」李崇禮看完拜帖的內容後狐疑的問。

王妃孫尚明家中尚有何人李崇禮自然清楚，她的父母現在居於西南邊境，父系的親戚沒留職在京中，不過母系那邊有位舅父是文官，雖然官做的不大，但外放官員沒旨意不能進京，難道最近有誰被宣回來嗎？

「最近有一批外官被宣進京。」光看表情和那聲疑問，子穆已經猜到李崇禮想問什麼了。這位王妃在王府是不受歡迎的人物，同樣連帶她家的親戚王府中人也不樂見，只是因為他們是下人，再有不滿也沒擺在臉上而已。

「或許只是王妃的母親掛念女兒，讓家族女眷來看望而已。」李崇禮淡淡的把看完的拜帖放回子穆手上的托盤。

芙蓉很好奇李崇禮下一步會怎樣做，回來的時候他才說了要以身體不適為藉口閉門謝客，幾個時辰不到就來了一張推不得的拜帖，他是要照樣拒絕掉還是接受？這拜帖也來的真是時候，又是和王妃有關的。

「子穆，你跟送帖的人說我身體不適，讓他家主子三天後才來。」

「是。」歐陽子穆看似有點不明白李崇禮的用意，但還是恭敬的領命退了下去。

芙蓉見李崇禮又回到自己房中，聽了下人的報告也沒理會王妃的吵鬧，好奇心得不到解脫的她只好走到塗山那邊。午睡被打斷的狐仙挨在門邊不停打著呵欠，看他皺著眉一副不耐煩的樣子，芙蓉就猜他的狐狸耳朵應該相當靈敏，那些摔盤子和侍女的尖叫聲入了他耳中會被放大幾倍吧？

本想問問他有什麼看法，但看他正表現得不耐煩，芙蓉還是決定不惹他了。

※　※　※

三天的時間說長不長，說短不短。芙蓉卻足足待在王府三天！

這三天中李崇禮沒有走出他的院子，每天除了聽子穆報告一下情況之外就是和芙蓉下棋。

是的。芙蓉已經悶到主動現身和李崇禮聊天下棋打發時間了。不過下棋真的不是芙蓉的強項，從第一天到現在，她一次也沒贏過李崇禮。

而塗山三天都窩在房間不是睡覺就是攤在一邊擺爛，問他有什麼打算他只是推說見步行步。好一句見步行步，根本就是沒計畫！

「呀！又輸了！為什麼總是我輸呀！」看到棋盤上的黑子被白子團團包圍，芙蓉受不了自己的失敗慘叫起來。

「芙蓉姑娘下棋過於急躁，下棋應該多細思接續幾步以及推測對手的棋路。」李崇禮也沒有說他自己贏了多少子，既然勝負結果雙方已經了然於心，他也沒必要說出其實中盤時他已經穩勝，繼續下只是陪芙蓉而已。

「這評語之前也有人說過。」

「是哪一位呢？」李崇禮有點好奇，憑他這幾天和芙蓉的接觸已經摸索到這位女仙的脾性，要不是她悶得發慌也不會找他下棋，她以前竟然也有興趣找人下棋？

「你和東王公說的話一模一樣。」芙蓉大大的嘆了口氣，然後動手收拾那堆以上好玉石打磨成的棋子。「不過下棋不是我的強項，下得差也無所謂。說起來，你這幾天窩在家裡好嗎？」

「今天有客來訪的。不過主要是找王妃的。」李崇禮事不關己的喝了口茶，侍女送上的茶點早就全進了芙蓉的肚子去了。

或許太匪夷所思的事一旦接受了就會適應得很快，李崇禮才幾天就接受了府中多出兩個詭異食客的事實，雖然府裡人不知道，但多了芙蓉二人他心裡是踏實不少。

更重要的是太醫都診斷不出他的病，只叫他靜心調養，養了好一段時間卻沒起色，芙蓉他們來了之後復原的速度竟是突飛猛進。若這單純是身體欠佳的問題，不可能幾天之內恢復得這麼快。

他很感謝芙蓉的到來，所以她有什麼要求他都樂意照辦。她悶要打發時間，他有空就奉陪到底。不過，一整天和芙蓉待在一起還是會讓人覺得尷尬，雖然有這種感覺的似乎只有李崇禮一人，但是有些時候他找不到可以和好說的話題，十分冷場。

「那王妃做好準備了沒？不然客人上門她又摔盤子就麻煩了。」芙蓉沒有揶揄李崇禮的意思，她是真的擔心那位舅母上門時孫明尚才鬧事，那野蠻王妃有和李崇禮對著幹的嗜好，說不定真的會這樣做。

李崇禮沒有說話，眼觀鼻、鼻觀心的。恐怕他也想到以孫明尚的個性是不可能不鬧事的，平日都鬧成這樣了，在親族面前不原形畢露才怪。

「哎！你們老是談父母之命、媒妁之言什麼的，要是小倆口真的不和就是一輩子當怨偶了。你才二十三歲這麼年輕，得想辦法和妻子相處得和睦一點呀！」

蓋上棋盒，芙蓉伸手拿了盤子上最後一塊點心老成持重的說，她的外表都沒比十八歲的孫明尚大，這般老成的長輩腔調李崇禮聽完不免愣了一下。

「怎麼了？」嘴角還沾著點心的碎屑，芙蓉眨著大眼一臉不解的看著表情變得很複雜的李崇禮。「不要難過，其實我能明白你與王妃不和的原因，幫理不幫親，她也太潑辣了，那個凶悍的氣勢比我認識的強大太多呀！」

芙蓉很快就把話題繞到仙界的八卦上，某仙女和某洞府真人是怨偶鬧出事情被罰不准見面啦、誰對誰有意思啦，最後連甲仙女是怎生個性、乙仙人又有什麼興趣全都一股腦兒的說。

這些應該是兩個手帕交的姑娘在閨閣內的話題聽得李崇禮不知如何反應，這位皇子哪試過有人不停在自己面前說八卦？這種三姑六婆般的小道消息換了是別人說，李崇禮一定嗤之以鼻，然後冷言冷語讓對方住嘴，但現在說的是芙蓉，他竟然由得她不停的說，直到外面有人敲門稟告為止。

能直接敲李崇禮關上的房門在王府中只有一個人，便是那位在李崇禮一出房門就會形影不離的歐陽子穆。

芙蓉第一時間抄起自己用過的茶杯躲了起來，然後李崇禮才開口讓歐陽子穆進來。

他一踏進房間，芙蓉和李崇禮就看到他臉色不對，似乎是有什麼壞事發生了。

「王妃院子的侍女報告，王妃在晌午之後就不見了蹤影。」

「不見了？門房怎說？」李崇禮皺了皺眉，都已經說過不讓她出門，她竟敢偷溜？

「王府的馬車和轎子沒有動用的痕跡，現在已經讓下人在府裡找，也正在查問王妃是否只帶一、兩人離開王府。」

「她的陪嫁丫鬟也一起不見了？」

「有一個不見了。另一個已經被看管正在問話。」

高牆深鎖的王府大宅竟然平白丟失了一個王妃，這等嚴重的失誤不是他們這些下人說聲對不起、跪下多叩兩次響頭就可以擺平的。如果王妃真的從府裡溜出去而發生什麼意外，不用說負責照顧王妃的侍女要遭殃，王府的門房、護衛全都要一起問罪。

「王妃的舅母還有一個時辰左右就到了吧？」李崇禮心沉了沉，孫明尚的失蹤他實在沒辦法不想到那邊去。上次不讓她進宮，她臉上的不滿就是這次她偷跑出去的原因吧？

明知道今天她家的人會過來她仍是跑了出去，是有自信趕得及回來？還是壓根兒沒有考慮她不在場的問題？就算他是王爺，丟了王妃他要怎樣向她的家人交代？他只是個連封地都不能去、必須留京的小王，真的得罪了手握兵馬的雲麾將軍，他也不會有什麼甜美下場。

或許帶給他這樣的麻煩就是孫明尚的目的吧？溜出去讓他無法向她的娘家交代。

「現在通知對方也未必來得及，就算稱病也只會讓對方更想來探病。派人出府找，王妃偷溜不可能跑得太遠，到她有可能去的地方找一遍！」

因為王妃失蹤，王府上下頓時變得雞飛狗跳，其實大家心知肚明一個時辰之內是找不回來的，他們連王妃是什麼時候溜出去的都不知道，即使對被留下來的陪嫁丫鬟嚴刑迫供，她能供出的地點恐怕孫明尚不會去，她不會這麼笨往那些地方跑的。

芙蓉第一時間想到自己或許有辦法把人找出來，但當她打算到王妃的院子看看時，卻看到塗山若有所思的站在一邊，似乎對現在王府的混亂另有一套看法。

「塗山，你知道王妃去哪兒了嗎？」

「不知道。」

芙蓉別開臉無聲的說了「沒用」二字，沒留意到其實塗山站的位置是能看得一清二楚的。

「不覺得奇怪嗎？我和妳也沒有留意到那位王妃溜出去了。」

「有什麼奇怪？我又不是看門的！」芙蓉不解的反問，表情雖然有點不滿，但還算是在認真請教的樣子。

塗山無言的看著芙蓉，沒想到這丫頭真的從來沒想過用法術監控王妃的一舉一動！

「我放在王妃身上的法術失效了，正常的話她一旦離開王府我會知道的，但現在她人不在而法術沒有生效。」

「咦！」芙蓉這下知道塗山說什麼了，臉上也尷尬的一熱，塗山做的事她真的是大意忘記了。

「我不認為一個普遍人可以不著痕跡的撤掉我的法術。」塗山不認為凡人有這等本事，和宮中的事件一樣，他早就懷疑宮中應該有人搭上了一些頗有道行的妖怪或是魔道中人。

若真是如此，那就麻煩了。魔道中人做事只憑好惡不顧忌人命、道德，只要能達到他們的目的，什麼手段都做得出來。現在王妃失蹤，也不知道是否因為她在花園埋東西的事被揭發，在這節骨眼上，她的失蹤到底是自己跑出去還是被人帶走滅口了？

「那怎麼辦？」芙蓉想起了剛才在書房聽到李崇禮說，一個時辰之後王妃娘家的人就會來拜訪，到時人不在怎麼辦！

「王妃不見了，王爺一定會被追究到底，孫明尚的娘家父親、祖父都是功臣，恐怕鬧大了，將軍不會善罷干休。」

塗山把自己的推測原原本本的說出來，因為是芙蓉揭破花園的事而讓王妃出了意外難免會令她生出愧疚的心情，但是王妃有問題是他點出的，他在仙界那些算有交情的仙人們若是得知芙蓉因為他把事實說出來而有一丁點的沮喪，恐怕會第一時間割袍斷義、齊心一致的找他尋仇。

孫明尚早就泛起死相，芙蓉似乎是看不出來，但塗山眼光還沒這麼差，死相明顯成那樣不出事就怪了，所以他有預感孫明尚無法回來了。

「是陰謀的一部分？」

「很有可能。不如我們想一想怎樣解決等會上門的客人吧！不過，現在我們倒要先看看在後門遊盪的那位到底是誰。」

八
男生女生
變變變～

李崇禮派人去通知今天的家宴取消，但傳話的僕役剛到王妃舅母的宅子時，門房卻說他家女主人很早就出門了。傳話的僕役聽了心一驚，王爺交代要辦的沒辦好，算起帳來還是他失職，幾番打聽下才知道這位舅夫人一早就出門親自去取之前訂下的禮物。

知道去向後，王府的僕役以最快的速度趕去那店子截人，但在那邊卻沒看到舅夫人，再向那首飾店子的掌櫃打聽後得出一個更驚人的消息，令他氣也來不及喘幾口又急忙回去稟報。

這位苦命的跑來跑去的僕役知道只靠他兩條腿跑恐怕最後還是來不及。當他拚命趕回王府打算找總管覆命時，王府上下已經不再為找尋王妃而雞飛狗跳，也沒有看到管事們的人影，而沒有指示他也不敢跑到前廳以免衝撞了貴人。

找了個相熟的茶水丫頭問了問，方知自己在外面找了一下午的舅夫人已經到了，而且還有一位同行的貴客，這位貴客不請自來現在大搖大擺的坐在客廳上座。

「還是來不及了。」待在主子們不會跑來的後屋看著茶水丫頭小心翼翼的看火燒水，難怪在後屋沒看到管事們，他們肯定全待在正廳侍候著。

寧王李崇禮排行第五，太子早逝，他現在上面還有三位皇兄，下面也有兩名年幼的皇弟，排在中間的他一向低調，兄弟間的情分也不算深。

正廳之上李崇禮在主位，而那位不速之客好整以暇的喝著李崇禮命人特意泡的名茶，來了這麼久也沒說出來意，他不發一言，李崇禮也跟著沉默，正廳內的氣氛越發壓抑。

這二皇子不像李崇禮整天閉門謝客深居簡出，在皇太子逝去之後因為皇上和皇后之間沒有嫡子，那麼新太子是立賢還是立長就變成朝野之間天天爭吵的主題。

李崇禮不理政事不代表別人當他沒威脅，他一天是皇子就仍有機會被捲進爭權奪利的漩渦中。

二皇子的到來令王府中的下人們心裡惴惴不安，他們這些下人沾的是主子的光，當個王爺府的下人已經很風光，王爺過得好他們就有好日子過，王爺倒臺他們這些下人也不會有什麼好下場。二皇子和他們王爺平日沒什麼交情，突然上門連他們這些小廝下人都會覺得不對勁，所謂黃鼠狼向雞拜年，絕對是不安好心的！

「真沒想到二王爺會突然拜訪，還好王妃在王爺到之前已經找到，不然就麻煩了！」茶水丫頭想起先前一連串的驚嚇就管不住自己的嘴，反正是和府裡的人說也無傷大雅。

「王妃回來了？」

「哎！你也不要這麼大聲呀！舅夫人聽到就不好了。」丫頭壓著聲線小心四處張望，確認管事們暫時不會回來後又小聲的說：「王妃回來不到半個時辰，聽說一起出去的萍梨沒有跟著回來，王妃倒是帶了個面生的丫頭。不過沒人敢多嘴問。」

「主子的事我們還是不要過問才好。」知得越多死得越快呀！

不過，也有人不得不先把事情探得一清二楚來向主子匯報。

歐陽子穆對帶著陌生人回來的王妃抱持著懷疑的態度。王妃院裡發生的事雖然下了封口令，但是子穆自然是知道內情的人，現在王妃帶了外人回來，他怎可能不擔心。

奇怪的是李崇禮知道後只是沉默了一下，然後表示王妃回來了就好。

王妃那邊風風火火的回來，這邊門房又通報二王爺竟然和王妃的舅夫人一道來了。

子穆站在李崇禮的身邊不遠處侍候，王妃的舅母方氏安靜的待在客席，她的臉色有點青白，是因為突然有位皇子和自己同行嚇了一大跳吧。

二皇子李崇溫比李崇禮年長四歲，現年二十七，眉目俊雅，劍眉星目意氣風發，身上也有著皇家子弟該有的氣勢，個性和李崇禮的沉默淡然是一個極大的對比，庸俗一點的比喻：若李崇溫是搶眼的太陽，那李崇禮就是幽靜的月亮。

兩位皇子的個性直接影響他們對朝政的態度。李崇溫是進取的，在皇帝默許的態度下，他在朝

中有著不俗的人脈，行事也有手段有頭腦，皇子中李崇溫著實是太子的首選，只不過三、四皇子母妃的人脈也不容忽視。

當今皇帝把皇子們全都分了封地但不讓出城，本是為了把他們控制在京城，不讓他們回自己的封地，山高皇帝遠的，久了會對太子不利。偏偏太子早逝，現在眾成年皇子在京中正好趕著爭太子位了。

李崇禮沒打算坐上帝位，但他的兄弟們卻希望能把他拉攏到自己的陣營，即使成不了助力，也不要他成為別人的靠背。

與名利地位扯上關係，即使是親兄弟也可能反目成仇，何況他們是只有一半血緣的兄弟，就算自己不想爭，各母妃背後錯綜複雜的勢力也容不得你不去爭。

「這陣子五弟一直身體不適，難得今天你精神尚可又遇上了弟媳娘家的人拜訪，為兄就厚著臉皮過來探望了。」李崇溫一臉可親的笑容，比起李崇禮一臉略微青白和冷淡的表情，兩人同坐主位，要是外人不知道還以為李崇溫才是主人家。

「讓二皇兄擔心了。」

「看你面色也實在不怎樣好，等會我讓人送些補身的藥材來吧！」

「不用二皇兄費心了，御醫已有跟進，每天進寶也吃不少了。」

「不用對我客氣，讓五弟妹讓人燉給你吃呀！」

李崇溫這句話讓李崇禮心裡實在有道悶氣，他和孫明尚如同掛名夫妻在皇家之中也不是什麼祕密，李崇溫這樣說根本就是故意在王妃的舅母面前挑事端。他就不信王妃寫給家裡的信件中沒有提及過和自己處不來的事。

提到孫明尚，舅夫人滿眼擔憂的小心看向李崇禮，兩位皇子讓她坐於末席已是禮遇，他們之間的對話她再好奇，也不是她一介婦人可以插話的。

她不敢開口，正襟危坐的等只為了等到孫明尚出來見面而已。送拜帖到王府前她已經知道寧王不會歡迎王妃家的親眷到訪，但礙著王爺的眼一會兒，總好過讓將軍夫人吵著要上京看女兒。

這次見過了她也要勸勸這丫頭，免得早晚出事。

像是千呼萬喚始出來般，李崇溫的話題仍是繞著湯藥轉，不時提到自己王妃愛準備什麼燉品很不錯，接著又說送上幾樣上好的補品過來，這話題聽到李崇禮的忍耐力慢慢磨得見底了，適時王妃從後堂出來，李崇溫才住了口。

不只是住了口，李崇溫明顯的愣了一下。

「弟媳一定會親自看著下人把二王爺送來的藥材燉好給王爺補身的。」

從後堂出來的孫明尚一身明豔打扮，平日動不動就瞪眼想找人吵架的躁動舉止完全銷聲匿跡，每走一步晃動的裙襬和頭上的步搖都展現著屬於年輕女子的靈動，蓮步輕移的她展現出不輸於京城三大美女名頭的婉約身姿。

臉仍是孫明尚的臉，聲音也是孫明尚的聲音，雖然知道她只是外表像孫明尚，但李崇禮仍覺得眼前的女子非常陌生，因為即使是成婚那天，他妻子也從沒像現在這麼端莊的走在他面前。

同樣驚訝的也有方氏，她深知自己這個外甥女的個性，她這個舅母沒親眼見過幾次也早有耳聞了，從小驕蠻任性，和寧王的氣質是南轅北轍。

當初皇上指婚，將軍家的長輩已經不看好這婚事，嫁入皇家要守的規矩多，孫明尚刁蠻慣了到成親時才和她說女子要以夫為天已經沒用了。

孫明尚身邊跟著一個李崇禮沒見過的侍女，對方正怯生生的看著他，而且表情有種近乎驚嚇的傾向。

王妃不急不緩的向李崇禮和李崇溫行過禮後輕移蓮步到李崇禮身邊，眼角帶笑的活像他們原本就是一對感情深厚的夫妻似的。

「那就麻煩弟妹了。」李崇溫很快就掩飾起自己的驚訝，看到孫明尚有禮得體的應對著，他對李崇禮變得另眼相看了。

「王爺，妾身先和舅母到偏廳待著，不礙著你和二王爺聚聚了。」孫明尚輕輕施禮告退，讓自己的侍女把舅母請到後堂的偏廳避席。

這下李崇禮是看到眼熟的侍女了。孫明尚當初帶進王府的陪嫁丫鬟有兩個，這些陪嫁丫鬟大多會成為她們主子丈夫的妾室或通房，只是對享齊人之福沒太大興趣的李崇禮一早說了讓王妃不要帶太多外人，他沒有收一屋美妾的打算。

一句外人就讓當時未過門的孫明尚氣得七竅生煙，這句話擺明她的未來夫君把她當成外人看，對於一個要離家遠嫁京城的少女來說，陪嫁的丫頭可說是等同姐妹的存在，李崇禮這句話讓他們未成親就結下梁子了。

「看來弟媳婦改變了不少呢！」

「人長大了性情也就磨平了。以前還真是讓二皇兄見笑。」李崇禮淡淡一笑。

二皇子也知道一時之間難以和李崇禮拉出什麼共同話題，再聊了一些閒事之後，再三交代李崇禮要好好休息就離開了。

看著兄長離去的背影，李崇禮第一時間不是回味他的慰問有多窩心，而是他什麼時候不來，偏偏是今天王妃鬧失蹤時才來？

要是孫明尚真的不能出現，李崇溫在場就沒辦法把事情瞞過去。要舅夫人一人閉嘴還算易事，但要李崇溫不吭聲就會欠下一個大人情。

說不定李崇溫就是為了賣人情而來，好讓他在太子的爭鬥中多一人站在他的陣營裡。

那麼孫明尚之前做的事和今次的出走，是李崇溫主使的嗎？

不。以他對二皇兄的瞭解，如果他有心布局，事情不會這樣簡單被察覺，布置也一定會事事連環緊扣，沒有讓他脫身的機會。

「子穆，王妃回來時好像帶了人進府吧？」

「是的。帶了兩個丫頭回來，現在有一個就跟在身邊。」

「兩個？」李崇禮有點納悶了，先前芙蓉現身說事情不會有問題時，他是想過一定是她出手幫忙，剛才的孫明尚說不定就是她假扮的，其中一個面生的丫頭剛才看到了，那還有一個是誰？

那個面生的小侍女不可能是塗山假扮的，就算他扮得來也不會一臉怯生生又慌張的看著自己。

「是的，因為人才剛到，還沒打聽清楚她們的名字，不過有聽到王妃喚其中一人為芙蓉，態度也不算生疏。這兩個新丫鬟或許是王妃之前已經看中要接來的也說不定。這樣好嗎，王爺？」

原本是覺得自己多嘴了，但子穆還是忍不住提醒了一句。他靜待在旁邊等待指示，但李崇禮只回了一聲輕笑，而且是心情不錯的輕笑聲。

最令子穆驚訝的是李崇禮把芙蓉這個名字唸在嘴邊，看似很中意。

什麼時候王爺在外面相中了姑娘，而且還讓跟他不對盤的王妃接進來了？他們夫妻倆是什麼時候達成這種送人進府的協議？選今天去接人？王妃竟然同意？

處於驚訝狀態的子穆好不容易讓自己的思緒冷靜下來，這事實真的太令人驚訝了！

「時候也差不多了，吩咐傳膳吧。」李崇禮勾起一笑動身前往後堂的偏廳，來客好歹也是王妃娘家的長輩，不想應酬也要露一露面客氣一下。

越過廳堂之間的隔門和垂珠簾便聽到兩名女眷的談笑聲，那位面生的侍女站在門口附近，見了他過來仍是一臉怯生的別開臉好像十分不知所措似的，福一福身她就飛快的去通報了。

近距離看，這個小丫頭不可能是塗山假扮的，她是實實在在的陌生人。

李崇禮思考的表情看在方氏眼中就是輕微不悅，他來了後，方氏和孫明尚的交談也變得拘謹，腦海中也生出了很多不同的臆測。

李崇禮是單純不喜歡王妃娘家的人主動拜訪？還是他和將軍家有什麼不快的事是她不知道的？方氏最怕的是李崇禮誤會在太子去逝的節骨眼，王妃娘家的人接近是想探宮中的口風。

王妃巧笑倩兮的迎向他，她從沒有對他如此溫柔的笑過，眼神帶點媚態，如果是芙蓉假扮的，她能有這樣的表情嗎？

礙於有客人在，李崇禮心裡再懷疑也得先收著，在外人眼裡他們兩個現在是相敬如賓的夫妻。和方氏閒聊一下家常，知道孫將軍在西南一切安好，孫夫人不時惦記著遠嫁京城的女兒，所以這次方氏隨夫進京才會身負必須探望孫明尚的重大任務。

方氏本是端著忐忑不安的心情前來拜訪，一來她夫家的官位不高，她這個小官夫人也沒有誥命在身，和王府一比都不知要比到哪去了。原本已經怯了大半的心，在剛才大廳上看著兩位皇子沉默不語更是讓她冒冷汗了，那時候她多想孫明尚快點跳出來把她帶離大廳。好不容易等到了，她的外甥女整個人卻像變了性子一樣。

雖說女大十八變，但孫明尚嫁過來都有一、兩年了，數月前孫夫人還收到女兒充滿閨怨的信件，才幾個月又沒事了？方氏被眼前的景象弄迷糊了。她自己也為人妻、為人母，眼前小倆口到底是否感情好，她自問還看得出來。

李崇禮仍是一貫的少言，而孫明尚布菜奉茶的做得自然又體貼，不像是因為她來探望才故意裝出來的。這次回去可以叫孫夫人安心了吧？她的女兒長大懂事了，知道做人家妻子要賢慧貼心了。方氏安慰的吃著王府廚子精心泡製的菜餚，李崇禮表面上也很享受，可越吃他就越不自在了。他身邊這個孫明尚知道他喜歡吃什麼、不吃什麼，但凡他不喜歡的食物一樣都沒有夾到他的碗中。他一向沒和孫明尚同席吃飯，用餐時最多留下子穆一人隨侍在旁，芙蓉這剛認識的女仙又怎麼會知道得這麼清楚？

※　※　※

晚膳過後和方氏閒談了一會，孫明尚就暗示天色不早，王爺也累要休息，便送了方氏離去。

偏廳有下人收拾，王府兩位主子移到對著花園的水榭花廳，四周點亮了燈，輕紗隨風擺動，外圍有時響起魚兒在池中游動泛起的水聲，精緻美景配上身邊如花美眷，這如詩畫一般的畫面可是羨剎旁人。但在當事人眼中並不是這麼回事。

孫明尚嘴角仍帶著優雅的微笑，風波妖嬈的看著李崇禮，而剛才還在旁侍候的丫鬟們已經退下，王府中人都知道李崇禮喜靜，所以沒吩咐都不敢接近。

花廳中剩下三人，李崇禮沉默的看著孫明尚含笑的在動手剝水果，那個陌生小丫鬟仍是怯生生的不時偷看著他。

「王爺。」就在李崇禮想開口先問話，孫明尚卻先一步拿著她親手剝好的葡萄湊到李崇禮的面前，朱唇輕啟：「張嘴，呀……」

李崇禮呆了，原本不太健康的臉色變得更青白一點，眼光像看怪物般看著孫明尚。

如此親暱的舉動，李崇禮只記得小時候他母妃曾做過，孫明尚突然這樣不嚇死他才怪！

「不可以！」

李崇禮下意識的向後躲開那葡萄，在旁服侍的小丫鬟和另一名從外面衝進來的少女不約而同大字型的橫擋在李崇禮面前，活像那纖纖玉手拿著的果子是超級危險物品似的。

「水果沒有下毒的。」見葡萄沒人欣賞，孫明尚乾脆放進自己嘴中了。

「我知道，但是你用這模樣裝賢妻的樣子太令人毛骨悚然了！」

「我不可以眼睜睜的看著和東王公這麼相似的人被騙！」

擋在李崇禮面前的兩名少女一臉凜然的絕不讓開，李崇禮立即就知道剛才衝進來的是芙蓉，她只是換上丫鬟的普通衣裙，頭上簪了朵鮮花，這是王府丫鬟們的基本打扮，不過李崇禮看完似乎不太喜歡。

站在芙蓉旁邊的小丫鬟也是長得清秀斯文，身材比芙蓉矮一點，年齡看似也比芙蓉要小，這小丫鬟臉上堅決捍衛的神情比芙蓉更甚。她的聲音有點沙，不像一般少女甜膩嬌柔，不過配上她的臉又會覺得很合適。李崇禮大概知道這陌生女孩的身分了，從她話中那個神話人物的名字中知道。

「你們兩個把我當成什麼洪水猛獸了？要不是我，今天的事可以蒙混過去嗎？」

「這個嘛……船到橋頭自然直！總會想到方法的！」無法反駁塗山的話，芙蓉心虛的別過視線，她的確是沒辦法了才採取塗山的提議。

芙蓉沒自信自己假扮，現在方氏和二皇子之所以沒有起疑心完全是靠塗山的魅惑之術，就算他們這些知情者也沒什麼可以挑剔的。

「沒有我，就算東王公派了人，妳也做不到什麼吧！」假扮孫明尚的塗山優雅的用衣袖半遮著嘴，手又拿起一顆葡萄伸到小丫頭面前。「呀……乖！」

小丫頭很自然張開嘴把葡萄吃下，吃完後整張臉紅得像被火燒一樣。

「可以解釋一下嗎？」李崇禮大概弄清楚眼前的王妃是塗山，而芙蓉和另一個小女仙充當那兩個新來的丫鬟。雖然面前的不是自己真正的妻子，但眼看那張一樣的臉在調戲小女孩，李崇禮感到十分彆扭。

「是的！」紅著臉的小丫鬟急忙轉過身向李崇禮恭敬的行個禮，惹得塗山更是樂呵呵的笑著。

「非常抱歉，我們沒法在客人來到前找到出門的王妃，所以只好先假扮了。」小丫頭先是看向芙蓉，見芙蓉還在苦惱該怎樣開口，也不知道她要想多久，而塗山又只在呵呵笑，求人不如求己呀！

「假扮嗎？看不出破綻。」李崇禮點了點頭，雖說性子不像，但外表是無懈可擊了。

「我就說不會穿幫，絕對可以恰如其分的演好王妃這身分。」

「你是扮得太好了！完全沒有考慮過王妃本人的個性吧！」丫鬟打扮的芙蓉顧不得自己現在不應該對主母瞪眼，她光是回想塗山是如何表現出模範樣子就感到頭痛，孫明尚本人一點也不模範好不好！扮得這麼完美就已經是一大破綻了呀！

「芙蓉妳有所不知了，所謂人前一個樣、人後一個樣，我認為在這種場合表現得賢良淑德比較合理和安全。」

「真的是塗山？」雖然已經知道了，但事實有點難以接受，一個昂藏七尺的男人怎麼可能假扮孫明尚扮得這麼神似？連他這個丈夫也分不出來。

「以我的道行，要幻化成一個凡人的樣子不是難事。」

李崇禮感到驚訝，易容術什麼的他也有見過一次，但那不外乎是精細的化妝還有薄面具，臉相改變得了，可身材要變卻是極困難的事。仙人們這麼輕易就能變成另一個人的樣子，聯想到宮中的怪事，李崇禮擔心是否之前已有像塗山這樣的仙人化成別人的樣子潛伏宮中？

或者不是仙人，妖怪也能做這樣的事？

「在真正的王妃平安回來之前，為避免她的失蹤帶來不必要的影響，我會以孫明尚的身分待在王府。」塗山現在的姿態語調完全像個養在深閨的女子般，極難和他的形象拉上關係。

真正的孫明尚還沒有找回來。李崇禮沉默了一會，臉色不是很好的扶著額頭。

「王爺臉色不好，不喜歡水果的話不如喝杯茶吧！」貫徹扮演賢淑王妃的塗山端起茶杯遞到李崇禮的面前，後者禮貌的接下但杯蓋掀了又蓋上，蓋了又掀開，他還是一口都沒有喝。

「是個打擊呀！」芙蓉深表同情的看著李崇禮手上的茶杯，一會李崇禮手一抖，這杯就得摔成碎片了。

「欸？會嗎？」站在旁邊的小侍女歪了歪頭不解的道。

「潼兒你不明白的，就算你用現在這模樣端茶或打點膳食給東王公，工作做好你就退下去，東王公恐怕不會有什麼感想。但你想想，要是你湊到東王公面前又是夾菜又是拿手帕幫他抹嘴，東王公會有什麼反應？」芙蓉壓著聲線小心的解釋著，用東王公做例子應該會令潼兒有很強的代入感。

只見潼兒思考了一下，然後像明白了什麼似的大力點頭。

「對吧！記得有一次我還待在天宮時，我就見過玉皇陛下硬要東王公喝酒，還不顧身分硬把酒杯湊到東王公面前要灌，結果嘛……」芙蓉抱手抬頭閉眼一副遙想當年的樣子，嘴角還揚起了要笑又不敢笑的詭異弧度。

「我也聽過這件事，這是天宮近百年內十大禁忌事件之一。」提到這禁忌，潼兒也一臉嚴肅。

「對吧！所以我明白為什麼李崇禮的表情這麼糾結。剛才那個溫柔體貼的妻子原來是個男的，這是多大的打擊。」

「你們兩個在當事人面前嚼舌根算什麼？」塗山用孫明尚的聲音輕斥。

他不開聲還好，一說話，李崇禮不自覺又打了個冷顫。

還好他沒把變了個性的王妃當真的，不然鬼迷心竅看上心就糟糕了。

「我們說的是事實吧！」二人異口同聲的反駁。

「那妳怎麼不說妳旁邊那個男扮女裝？」

「你們之中還有誰是女扮男裝、男扮女裝的，請一次跟我說明白好嗎？」芙蓉應該是真的女人，那剩下誰是假的李崇禮心裡有數了，但他寧願有人坦白說出真相，不要再讓他自個兒猜下去。

「沒有了，就這兩個。塗山現在是孫明尚，而他是仙童潼兒。」在場除了李崇禮本人，就只有芙蓉是用真實性別示人的，所以她第一時間挺身而出，重新向李崇禮介紹了在他面前的兩名女子。一個是比真王妃更像王妃的塗山，一個是有些靦腆的假女孩。

李崇禮每看潼兒一眼他就臉紅一下，外人看在眼裡那不是尷尬的臉紅，絕對會誤會是小女兒家在害羞！

看到潼兒現在這模樣，芙蓉心裡閃過一陣惡寒，雖說在仙界隨便拉一個仙童誰不是唇紅齒白、面容端正、個個長得水靈靈。她當然也認同潼兒長得好看，但看慣他男裝的仙童造型，現在換穿女裝了，為什麼她一丁點違和感都沒有！

芙蓉覺得這樣很危險！不是潼兒危險，而是她擔心自己的心理狀態變得危險了！塗山是用法術變成女人樣就算了，潼兒那張臉是真面目來的呀！

除了聲音比較中性不像同齡女孩尖細，但他連妝都不用抹，只是換身衣服就十足一個十二、三歲的可愛小丫頭，芙蓉心想說不定自己在那個年紀時也沒有這麼可愛！

再想想東華臺、天宮玉皇座前這麼多仙童，穿男裝是可愛的小男孩，換了女裝是粉嫩小女孩，要是玉皇有天興起要仙童們穿裙子，那恐怕也是令人驚恐的情況了，崑崙的女仙們應該會覺得自己的地位受到嚴重的威脅。

「人家……我才不是想男扮女裝的！」潼兒咬著唇一臉委屈，他真不是自願穿女裝還梳了個可愛的髮髻在頭上的！現在這身打扮是迫不得已，雖然派他下來的那位早已經預想得到這情況了。

潼兒很想悲嘆，他崇拜東王公，但他不希望東王公料事如神的本事用到他要穿女裝這事上，這身打扮說不定已經透過不同的寶貝傳回仙界，一旦流傳出去，那他不就變成仙界中的熱門話題？而且為什麼東王公要斷言他的女裝扮相一定是出現在芙蓉面前？在相熟的女生面前扮女裝，丟臉程度大大倍增的呀！

「我倒是覺得你是準備充足的樣子。」對女裝完全沒有不適應的塗山見潼兒連口吻都已經入戲，「人家」這種女生才用的字眼都冒出來了，害他輕笑兩聲，讓潼兒臉色再漲紅了幾倍。

「我……我才沒有！」潼兒眼角都出現淚光了。

李崇禮看著三個非我族類自顧自在說話，雖然扮女裝不是他出的主意，但作為整件事的當事人，他覺得自己好像也害得潼兒這麼尷尬。他明白潼兒的心情，作為男人誰也不會想被一個扮女人扮得這麼入形入格還頗受樂的人說自己也有此癖好吧？換了是他，已經一身不情願的打扮還要被這樣說，恐怕早就視此為奇恥大辱，誓要抹殺在場的人了。

雖然他知道從外表看仙人的年紀一點也不準確，這個叫潼兒的孩子猜大了亦不會超過十三歲，小男孩也有男性天生的尊嚴，而且這年紀也不是被扮成女娃都只覺好玩的幼兒了。

不過真心的說，要是他們不說，他真的會誤會這是另一個小仙女。

「要不是東王公說……」說了一半，潼兒就狀甚委屈的住嘴了。

聽到東王公三個字，芙蓉身上的寒毛豎了一下，心裡的警報迅速響起，直覺有不好的事情快要發生一樣，感覺就像極樂那些友人用千里傳音在你的腦袋中說「你大禍臨頭了——」一樣。

芙蓉一臉戒備的看著潼兒，上一次東王公讓土地爺傳話已經令她不爽了一下，今次他把在東華臺當差的潼兒也遣下凡太蹊蹺了。

潼兒又不是有公務或是位階高的仙人，一個仙童說下來就下來的嗎？

而且以她對東王公個性的瞭解，他是不會主動派人下凡來的。東王公對仙界大部分的事情愛理不理，凡事不表露個人意見。仙界中能讓他做出違反他行事作風的人物一隻手都數得完，不單是西王母，連天尊們也甚少直接跟他開口，而這次若不是玉皇在背後要求，還會有什麼可能性！

回想她看到潼兒穿著襦裙在側門外，怯生生的左顧右盼時，她差點嚇得直接去東嶽帝君那裡報到了。那一刻她應該失去了意識，腦海一片空白，回過神時潼兒已經被塗山拖進屋裡。

把人拖了進來還沒時間好好聚舊，就得先商量解決眼前的危機。

芙蓉的幻化法術很一般，而潼兒更不用期待，所以只好由塗山假扮。但空有外表沒有內在也無法騙得過認識孫明尚的人，幸好孫明尚還有一個陪嫁丫鬟在王府裡，用法術逼迫套情報也是塗山的強項，雖然做法有點不光明磊落，但時間緊迫也不能計較太多。才剛問清楚孫明尚的背景二皇子就到了，他們三個連喘口氣的時間都沒有呀！芙蓉完全沒時間問潼兒為什麼會來！

「東王公又說了什麼？」

「東王公說找到芙蓉姐姐之後待在旁邊定時報告就可以了。還說就算姐姐要鬧事闖禍了也不用提醒，由著妳……」潼兒縮著脖子，芙蓉已經在豎眉瞪眼，作為只是東王公手下一個小小的仙童，潼兒自然不知道太多，能說的都說了。

「東王公竟然派你下來看我的笑話！」

「我沒有呀！」潼兒喊冤，他沒得選擇來不來的呀！

「妳已經打定主意要鬧笑話了嗎？」塗山樂呵呵的笑著，笑的同時他又看了看在旁邊聽得有點疑惑的李崇禮，在他的眼神示意下，芙蓉更詳盡的介紹了潼兒的來歷。

李崇禮對府中又多了一個仙界人沒有發表任何感想，雖然短短的時間內由一個變成三個，但是有仙人在自己的家總好過一堆自己不知道的鬼怪來得令他心安。

特別是宮中真的發生了怪力亂神的事，現在這三個人若說要走，他也會想盡辦法把他們留下。最起碼他要找出是誰用邪術害他和他的母妃，以及王妃孫明尚在花園做的事是誰教的？她在花園埋下的東西到底有什麼用，芙蓉不提、塗山也不提，他們兩個的態度看似那件事是無傷大雅，但他並不會天真的相信那只是「小事」，就不定他們只是不想把嚴重的後果說出來而已。

王妃在事件被揭發後就出府失蹤了，如果這不是什麼大事的話，他們有必要特地假扮他的王妃現身人前嗎？要是他的王妃碰巧回來，不就難以向人解釋了嗎？

他們嘴上沒說，但是行動上已經說明孫明尚不會回來了，起碼在短期之內。

現在多想無益，李崇禮要趁這段時間用自己的方法收集情報。

九
誰生娘娘不在家？

寧王府最近迎來了全新的新氣象。

首先是王妃私自出府回來王爺沒追究，王妃更像是換了個人，從前天天跑去王爺的寢樓前吵鬧連門板都想踹，現在也是天天跑過去，不過是去看花喝茶。王爺和王妃之間的關係似有好轉，但比起他們夫妻間的事，單說王妃個人的轉變已足夠成為府中熱話了。

不久前，王妃院子的丫鬟仍是三天一小哭、五天一大哭，沒有一天不在大通鋪怨個半天不罷休，現在她們一洗過去的陰霾，每個面露笑容像是吃了蜜糖似的。晚上聊天的內容也不再是王妃的責罵或是無理取鬧，相反她們現在熱衷打賭府裡兩位主子什麼時候會走在一起，還猜說不定明年就會有小主人誕生了。

然後就是王妃身邊少了一個陪嫁丫鬟卻多了兩個新丫頭的事，這兩個丫頭的來歷固然是值得好奇，但是比起身世，這些閒下來就嚼舌根的女人們猜她們是王妃特地找回來服侍王爺的，遲早會是半個主子。

後面那個傳言更令芙蓉嚇得冒冷汗，她連提都不敢在潼兒面前提起，幸好現在大家都還懂得收斂，沒有人敢在他們面前說。

芙蓉對這些下人的適應力甘拜下風，就沒有人覺得這轉變太突然嗎？

其實起初是有的，但是塗山很巧妙的讓人放風聲說，王妃是受了家中長輩的苦勸要做個賢良淑德的好妻子，而因為放風聲的是王妃的陪嫁丫頭，可信度變得很高，幾天下來僕役、丫鬟不知不覺習慣了，反正變好了少個人罵正是好事。

「你真的沒有再做手腳嗎？」坐在涼亭最陰涼的位置，拿著團扇死命替自己搧風的芙蓉眼睛瞪向王妃打扮的塗山。

這幾天的天氣十分悶熱，即使芙蓉已經挑最薄最透風的衣服穿，還是覺得熱得受不了，偏偏眼前還有一個穿著宮裝卻不流一滴汗的人妖在。

為什麼塗山畫在臉上的妝都不會溶？

「除了讓那丫鬟去放風聲之外，什麼都沒有做了，做太多反而可疑呀！」臉上畫了完美妝容的塗山喝著香茗納涼，他帶著媚態的眼睛斜看了眼搧風搧到沒氣質的芙蓉。

凡間和仙界四季如春的天氣不一樣，前幾天還算乾爽，但到了今天一副快要下雨的樣子，悶熱無風，芙蓉的脾氣也因為天氣的影響而變得缺乏耐心。

從塗山頂替孫明尚的那天開始，他們白天就窩在正苑裡，李崇禮這陣子仍以身體不適為由向朝廷告假，在府中大多時間他待在書房看書，而他們三個除了納涼就是想辦法查探一下真正的孫明尚的下落。

塗山怎樣打探消息芙蓉不知道，不過她倒是請了土地爺幫忙看看，說不定土地爺有看到孫明尚跑到什麼地方去，而且人要是真的死了，土地爺也會有辦法看到紀錄。請土地爺去看紀錄比她厚著臉皮去找那幫傢伙問要好。

那個笨蛋王妃到底是被什麼人騙了出去？這個問題芙蓉想爆了頭都想不出來。之前進宮遇上的不祥氣息和鬼魔真真確確的存在，這令她懷疑京城中那些大大小小的寺廟供了這麼多仙人，結果全都在偷懶！不然怎麼還會在他們眼皮底下出事？

但是，這種抱怨芙蓉只敢收在心底。

不過已經有幾天了，土地爺還是沒回音，她也不好意思催。現在看似平靜，但她總覺得有什麼大事在蘊釀。這種感覺加上悶熱的天氣，令人鬱悶死了。

「凡人都是這樣的嗎？」

「都是怎樣？」放下茶杯，塗山看不過芙蓉連舌頭都伸了出來，主動倒了杯已經放涼的茶給芙蓉。

為什麼「王妃」要喝冷茶？因為負責服侍的那個現在只顧著替自己搧風，茶水熱不熱、點心夠不夠，目前沒空理會。

不客氣的伸手接過茶杯把不算清涼的茶水灌下肚子，芙蓉才稍微緩了一下手上的動作。

「就是這麼容易信人，你讓人散播一下消息他們就信了不是嗎？連那個舅母都不懷疑呀。」

「哎呀？這句話從女仙大人的口中聽到真稀奇呢！」

「稀奇什麼？」

「仙人們不是都存有一顆純樸、相信世間美好的心嗎？為什麼會用猜疑的心態去懷疑別人？說不定那些都是善良又純真的人呀！」

「你說的是什麼年代的話？」芙蓉一臉怪異的看著塗山。「仙人們犯事才會被貶下凡歷劫，我們會認為凡間比仙界好嗎？」芙蓉的眼神完全不客氣的表現出對塗山的鄙視，認定他是個跟不上時代轉變的過氣老妖怪。

「唉呀，我覺得很失望，好像心底有什麼幻滅了，發出破裂的聲音。」千年道行不只是指能力也包含臉皮的厚度，塗山對芙蓉的鄙視完全不放在眼內，由得她瞪到眼睛他都不痛不癢。

「你有幻覺了。」冷茶帶來的短暫涼意退去，芙蓉又猛地為自己搧風了。

「別太在意世間的人在想什麼，短時間內是不可能會理解的。」

「我現在已經想回去了。」撇了撇嘴，在凡間諸事不順，對芙蓉算是個小打擊。

「回去？聽說妳有一本厚厚的清單要做好來還債的。」

「你為什麼會這麼清楚！潼兒說的嗎？」提到那本厚厚的債簿，芙蓉心情就更低落了。第一個工作已經這麼麻煩，接下來恐怕沒有很難只有更難吧？她到底要花多少年才能回去！

她想念仙界的桃子、天尊的煉丹爐呀！

「人家去幫王爺磨墨，妳就把大帽子扣到他頭上也太冤了吧？」

「不然你怎會這麼清楚？」芙蓉狐疑的問，潼兒的確不會出賣她，那不會是二神真君說出去的吧？他好像認識塗山，但真君不像這麼八卦的人呀！到底是誰！

要是她知道是誰，一定要想辦法做個小報復才行！

「我朋友多，自然有朋友告訴我。」

「哼！你有這麼多朋友，怎麼不叫他們幫忙找出孫明尚的下落？」

「那好像是妳的工作而不是我的吧？我來只是基於自己的理由不讓李崇禮被人傷害，孫明尚去哪了不太關我的事，為什麼我要幫妳做？」

芙蓉愣了一下，這下她才發現自己不知不覺把塗山當成是同伴，壓根兒忘記了大家的出發點本來是不一樣的！

尷尬的紅了臉，芙蓉覺得自己的臉蛋像火燒一樣。想反罵塗山卻沒有理直氣壯的理由，對方一開始就說過他在意的是李崇禮母子倆，他們之間的合作是基於李崇禮這個人而已，他的確不需要幫她完成任務的。

太大意了！竟然這麼快她就變得依賴了！

塗山又替芙蓉再添了茶，靜靜的看著芙蓉一個人在表演變臉特技。

他和不少仙人有交情，有交好的自然也有交惡的。在部分仙人眼中，他再潔身自愛也仍是一隻會害人的山精妖怪，要不是他道行夠、人脈深、心胸更是廣闊，不然每天要躲著打算來收他的仙人和道士，長年下來說不定他早就心理變態了，還搶在某猴子之前殺上天庭大鬧一場了。

他一開始對芙蓉這個在仙界受盡百般寵愛的女仙有點先入為主的印象，暗自認定她是被寵壞的那種，雖然友人向他提過芙蓉的個性，但沒實際接觸前都作不了準。

現在接觸過了，塗山相信十個人中有九個都會同意芙蓉是個不太正常的女仙，性子也不惹人厭，不過他也同意友人的意見，這丫頭需要歷練一下，雖然她不如白紙般單純，但就是被過度保護了。

「妳不是向土地打聽了嗎？還沒有消息？」

看！他還是心軟的，作為一個年長者，他很樂意在不令後輩倚賴的情況下提供協助的。

「我出府一趟好了，土地爺也不知道在忙什麼，我去找其他人問問看。」芙蓉一臉苦惱，土地爺幾天都沒回覆的確是怪事，要是不想等下去，也只有挨家挨戶敲廟門拜託其他仙人幫手了。

「這也是個好提議，那我們去上香吧！」塗山點點頭，他也不喜歡被動的等下去。

「欸？」

「上香呀！今天黃曆沒有寫不宜參拜的吧？」

「不是這個問題，你用這樣子出去？」

「當然不是，王妃出門很麻煩的。」塗山用袖子掩嘴呵呵笑了兩聲，隨即坐言起行，踩著小碎步走向李崇禮的書房。

芙蓉見狀也趕快跟了上去，兩人來到書房前剛巧遇上同樣來找李崇禮的歐陽子穆。歐陽子穆退到一旁讓王妃先過，不過從他垂下的眼神看得出他對孫明尚的改變仍心感疑惑。塗山笑著走過，不過偽裝成丫鬟的芙蓉可沒能大搖大擺的走過去，說到底這個歐陽子穆在王府中的身分有點特別，他沒入朝但卻是有功名的。

向對方福身擺個禮，芙蓉沒有再多注意歐陽子穆留在她身上的視線，就算有留意，也只是認為對方是對自己身分的好奇而已。她忘記了自己的容貌在凡間是少有的美少女，即使只作丫鬟打扮也難以遮掩其美貌，不過當事人沒有這項自覺。

看慣了美女俊男，現在身邊一個是狐媚絕頂的千年狐妖，一個是不用點妝就像含苞待放的小美人潼兒，相比之下她就不算什麼了吧？

塗山和芙蓉的提議，李崇禮聽完就點頭同意了，只要塗山能讓王府的人認為王妃沒有外出就成。只是潼兒待在旁邊只有聽沒分去，嘴都嘟得可以掛東西了。

東王公派潼兒下來看戲一事讓芙蓉十分惱火，雖錯不在潼兒，但遷怒在所難免，加上論修為，在三個人中也是潼兒最淺，讓他出門打聽說不定轉頭就被人拐去賣了。

所以經過商量之後，潼兒被放在李崇禮身邊，反正當侍童是潼兒的本業；再者雖說潼兒沒有攻擊力也容易被拐，但他身上其實有東王公親手下的護身術在，把他放在李崇禮身邊，萬一有事潼兒也可以充當一會兒的肉盾。

「我也很想出去……」一臉期待又失望的表情爬滿臉，小丫鬟打扮的潼兒可憐兮兮的瞅著芙蓉看，後者二話不說別開視線，免得自己會心軟。

「潼兒乖，回來時帶冰糖葫蘆給你吃。」強忍著笑意，塗山溫柔的伸手摸了摸潼兒的頭頂，把他像三歲小孩般哄著。

「冰糖葫蘆？」不自覺的順口溜出了問題，聲剛落李崇禮就後悔了，就算沒見過也是聽過的，這樣開了口不是很尷尬嗎？

「哎呀！王爺沒吃過？」塗山驚訝的說。看到他驚訝的表情，另外三人一起沉默了。

某位在皇宮吃慣珍饈百味的皇子沉默的把視線移回桌上的宣紙，直接用書法來掩飾自己的尷尬。不過這沉默已經足夠同場的另外三人明白了。

「我也沒吃過，仙桃製品的話倒是吃過不少。」

塗山無言的向三人投去同情的眼神，要誇張一點的話，他大概要假裝擦眼淚了。

「我一定會記得買冰糖葫蘆給你們吃的。」

年紀最小的潼兒聽到有人保證會帶好吃的回來當然笑逐顏開，一掃不能外出的失望。

「總之我會讓人認為王妃還在府裡，太陽下山之前也一定會回來。」

「慢走。」李崇禮的視線仍然放在宣紙上，但看出他的尷尬未退就足夠讓塗山笑得樂呵呵。

※　※　※

塗山說還有點布置要做，讓芙蓉先出門。

難得一個人自由自在，芙蓉腳步輕快的往相國寺的方向走去，在王府中一舉一動都有人盯著讓她渾身不自在，現在走在街上，令她不禁有種鬆了口氣的感覺。雖說她不用做粗活，而且她也只是和塗山窩在李崇禮那邊度日，但是正因為如此，有關她的流言和眼光才又多又怪！

現在不知要耗多少時間在這裡，她有必要找些事情排解壓力，所以有打算在花園一角挖個小花圃，打算種點什麼作為煉丹材料。凡間雖沒多少天材地寶，普遍一點的貨色她也是能接受的。

因為沒有和塗山約好明確的會合地點，見天色還很早，芙蓉轉到集市上逛，這一帶人流多也比較多東西看，打發時間最好了，而且距離幾所她打算去的寺廟也很近。

路兩邊的攤販賣的小飾物芙蓉看不上眼，比起那些金銀裝飾她還是喜愛鮮花，而她在意的是賣零嘴和賣藥草的攤子。她對那些一綑綑的山草藥滿感興趣，一邊走嘴角就一邊泛起另有所圖的不詭笑容，走著走著她正事都要忘了一大半，只顧著想煉丹不成不知道煉藥能不能行得通？

「姑娘，在街上不留神很容易出事的。走路看前面好嗎？」

芙蓉茫然的看向已經走到自己身邊的男人，這個穿著一身儒衫的書生年紀像二十左右，不比她大很多，臉雖然長得好看但很陌生，芙蓉認為自己是不認識他的，可是對方的語氣卻又像和自己很熟絡，而且民風再開放，一個讀書人也不會隨街向陌生姑娘家搭訕吧？

芙蓉眨著水靈靈的大眼看著正站在自己旁邊的書生青年，青年回應似的也眨了眨他的勾魂鳳眼，兩個人肆無忌憚的在路邊眉目傳情，害得在他們旁邊的藥草小販眼睛都不知道放哪裡好，渾身不自在。

「書生？那現在該叫你塗山『公子』了？」從頭打量到腳，又從腳看回頭，除了那雙勾魂眼還認得出來，芙蓉差點不能認出眼前這人是塗山幻化的，他把身上的氣息掩飾得很好，在人群中很難發現有隻狐狸精混了進去。

「小生有禮。」書生雙手作揖，一副飽學之士的斯文樣，加上這張看似正直的老實臉孔，更是可以完美的騙到大部分的人。

「妳到底在看什麼這麼入神？我有點好奇要是我不出聲，等會是不是會看到有位妙齡姑娘一頭撞到牌坊柱子上了？」

塗山外表是裝得十足讀書人，但內裡還是一隻千年狐妖，一張嘴還是會讓人牙癢癢。

兩人離開集市朝寺廟所在的方向走，在閒逛的時候芙蓉也不是沒有試過在路口土地爺的小廟叩過門，但是土地爺沒出現，似乎真的忙到沒空出現了。

看著土地爺之前給的寺廟清單，芙蓉還是先去註生娘娘那裡看看有沒有什麼消息，再不行的話才去問一下關公、二郎真君他們，免得一下子就驚動這些舉足輕重的大人物，然後玉皇又會要脅誰再派人下來了。

希望孫明尚失蹤之前熱衷拜神，不然仙人們不一定記得她的存在。

一對俊男美女並肩逛大街不是常有的事，從服飾來看，兩人的身分看似普通的手無縛雞之力的書生和溫柔俏丫鬟，所以從他們由集市到達第一個目的地的路上已經引發了三起糾紛，令今天成為京城集市最多離奇事發生的一天。

痞子惡霸的攔路調戲，芙蓉感覺很新鮮，但對方還沒做出什麼具體威脅，塗山已經出手料理了。他們不是走平路也摔成豬頭就是掉進水溝，有一個更是在耍帥揶揄某人是百無一用的書生時，發生掉褲子的大醜事，那一刻街上尖叫不斷，還驚動衙差循著尖叫聲趕來。結果那位丟臉丟大了的小惡霸被架到府衙去了。

「你有必要做到這地步嗎？」芙蓉生氣的瞪著塗山，臉上不知是害羞還是生氣的紅通通，而後者一點也不覺得自己有做錯，半點悔意都沒有。

「那個平日為非作歹的惡霸我也只是輕輕的教訓了他一下，也算是為民除害吧？」

「但有必要當街脫他的褲子嗎？」芙蓉咬著牙壓低聲音說，她好像有看到糟糕的東西啦！

「他愛現，我只是配合一下而已。我也沒想到他的褲頭帶鬆成這樣子。」

衙差趕來抓人問話耽誤了一點時間，來到註生娘娘廟時已經快未時了。

廟門口有不少婦女前來參拜，大家都希望註生娘娘保佑自己早日為夫家開枝散葉，最好一生就是生男孩，這樣正妻的地位就會更穩，若妳是妾室那說不定就此麻雀變鳳凰。

雖然這些來參拜的女人們都很誠心，芙蓉也知道凡人求神保佑大多數都是和自己的利益有關，只是她會想，個個都希望註生娘娘保佑生兒子，那女兒由誰來生？生不出兒子來是不是就是註生娘娘沒保佑了？

廟中都是女人，所以塗山閃身跟在芙蓉身後，免得和其他女人有肢體碰撞。

「如果我長針眼一定會找你討回公道的！」隨手扔個銅板抓一把香點了，芙蓉咬牙切齒的差點把那一束冒著火星的香枝掃到塗山臉上。

「妳有看到什麼不能看的東西嗎？」

「還問！」芙蓉覺得她根本不用抓著香枝去燈臺那邊點燃，她現在的怒火已足夠把手上的香枝燒成灰燼了！

塗山識趣的閉上嘴，芙蓉瞪夠他了，就把香連同她一早寫好的字條扔進旁邊的金爐燒掉，這種行為惹來不少信眾的側目，哪有人把香枝扔進金爐中燒的？

等待期間，芙蓉越發後悔和塗山跑來找註生娘娘，他這個男人在這裡真的太礙眼了！

「我說你出去迴避一下可以嗎？被人這樣看著你都不會覺得不自在嗎？」

「我被人用驚豔的目光看了上千年，早就習慣了。這些人最多把我和妳誤會成恩愛到一起來拜神求子的年輕夫妻吧？」說完臉皮奇厚的話，塗山很不合作的仍站在原地。

「我絕對不希望被人誤會我和你有什麼！」芙蓉很沒氣質的撇了撇嘴，心想就算外人不把他們看成一對，也會以為她和他之間有什麼，她已經感受過凡人們的八卦，要是她和塗山一起的畫面被府裡的人看到，回去之後一定又有最新版的流言蜚語等著她。

仙界雖然也會有人多口雜、大家聚在一起八卦一下的情況，但很少會像現在王府裡那樣不只八卦還自行演譯出一個全新的劇本。

最令芙蓉尷尬的是，那些八卦的女人們已經把她和潼兒當成是李崇禮的小老婆！她表面上裝作什麼都不知道，見了李崇禮也沒表現出尷尬，只是誰能肯定李崇禮沒聽到那些傳言？

到時就真是尷尬死了。

「我好歹是個讀書人……」覺得自己被嫌棄感到委屈，塗山上下打量自己身上的儒服又摸了摸現在的臉皮，認為自己現在這張臉應該也滿好看的，怎麼可能這樣被嫌棄？

隨即像是要測試一下自己的魅力似的，勾魂眼朝一個隨王子來的小丫頭身上一拋，成功看到那小姑娘紅著臉嬌羞的跑開去了。

「假讀書人，別禍害無辜小姑娘！」芙蓉本想一手拍在塗山頭上，無奈兩人之間的身高差，她只大大力的掐了塗山的手臂教訓一下。

「好吧！說不過妳。我隱身就好了吧！」

「早應該了！」芙蓉不禁在心裡罵了自己一聲笨蛋，為什麼會忘了隱身這回事？她以王府丫鬟身分出來不好隱身行動，但塗山根本就沒必要變裝跑出來呀！他不是喜歡一直藏起身影的嗎？

「我還是走到旁邊等就算了。」

「隨便你。」確認塗山乖乖的走到沒人的位置後，芙蓉趕緊把自己要燒要拜的事做妥。如果註生娘娘有空應該很快就會回應她了，但過好了一陣子，卻還是什麼動靜都沒有。

「這裡香火這麼旺盛，想必其他地方的廟也是一樣吧！看來註生娘娘真的很忙。」

看看天色，雖然時候還算早，但塗山和芙蓉在這邊已經等了兩刻鐘了。

「看來再等下去也沒用，去下一家吧！」芙蓉嘆了口氣，這下得去找二神真君他們了。

「妳不覺得有點奇怪嗎？土地爺和註生娘娘這麼巧一起忙到連回信的時間都沒有？」

「你這樣說的話……」一語驚醒夢中人，她就覺得奇怪呀！沒道理平時四處出沒的土地爺玩失蹤，連註生娘娘都裝忙避而不見嘛！在崑崙時她就不覺得註生娘娘有這麼忙！「一定是九天玄女！一定是她要手底下的女仙不准幫我的！」

「哎呀！這個可能性也的確滿高的呢！」

「怎麼我覺得你一開始就知道了？」

芙蓉一臉懷疑的看著塗山，雖然註生娘娘不出現應該是九天玄女搞的鬼，不過塗山一臉很瞭解的表情讓她心理有點不太平衡。感覺就像什麼都掌握在塗山手裡似的，他知道很多事卻又什麼都不說，他好整以暇的看自己手忙腳亂，自己沒主意的樣子在他眼中一定很好笑，他不會藉此當成是消遣吧？

「妳誤會了。」塗山無奈笑了笑，然後比了個請的手勢讓芙蓉先走。

註生娘娘是打定主意不出來了，那他們乾脆離開再想辦法好了。

「時間不多，直接去二郎真君的廟嗎？但是找他就等於玉皇也知道，然後九成又會有麻煩事的……」沒說是不是相信塗山的一句誤會，芙蓉才不要被他小看，該做的她都會做。

「為什麼妳總要想這麼轉折的辦法？妳無非是想知道孫明尚人到底死了沒有才找土地爺和註生娘娘不是嗎？與其旁敲側擊，直接問管理生死簿的地府不是更好嗎？」

一聽到生死簿三個字，芙蓉已經震了一震，再聽到地府兩個字，臉色更是變得很詭異。

「難道妳和地府十殿的主子們有什麼過節嗎？」塗山失笑的看著如臨大敵的芙蓉，他這問題根本連問都是多此一舉了，她這樣的臉色已經是很好的答案。

「地府和你們天宮或是崑崙不是很少來往的嗎？這樣妳也可以得罪人呀？」

「我才沒有啦！只是……」

「只是？」

「得罪了他們頂頭的那個而已……」芙蓉心虛的別開臉，她已經預想得到接下來塗山會有什麼反應了。

十殿閻王頂頭上的還有什麼人？不就是地府最大的那個泰山之主東嶽帝君嘛！

想起那傢伙芙蓉就忍不住打了一個寒顫，泰山又不是長年冰封的大雪山，怎麼其主人性子比寒冰還冷。那個一天十二個時辰都冷著一張臉，說話永遠用最凍死人的零度語氣，一雙眼更是像冰錐般銳利，想到老是用這三個特質恐嚇自己的泰山之主，芙蓉全身雞皮疙瘩不受控制的冒出來，在炎熱的天氣中她難得現在手心都涼了。

「頂頭的那個？」塗山這下也驚了，他雖然有小道消息來源，但可沒有聽過芙蓉和東嶽帝君竟然有過節呀！

怪不得她兜兜轉轉花功夫找別的仙人問也不敢直接問地府，原來得罪了最不能得罪的那個。芙蓉努力的把自己手上的雞皮疙瘩撫平，光是想起東嶽帝君的寒冰眼神她就已經這樣了，要她跑去對方的地頭求助，她不活生生變冰雕才怪！

「那現在怎麼辦？即使妳問二郎真君他們也不一定有用的。」塗山把問題重點說出來，生死簿是地府在管的，二郎真君這些天官成員也沒權限查看，即使是土地爺他也只是從戶籍簿上看，不能直接看生死簿的。

「我哪知道現在可以怎樣……」芙蓉沮喪了。

「算我做一次好心，我出面幫妳打探消息如何？」

「無事獻殷勤非奸即盜，你在打什麼主意？我可不會答應你什麼奇怪的要求的。」

「妳這是什麼嘴臉，現在本大爺有要求妳用什麼條件作交換嗎？」塗山挑起眉擺出一張十分不爽的臉，一身書生氣質扭曲成斯文敗類。

「你本尊和黃鼠狼差不多，我哪知道你心裡到底有什麼主意。」芙蓉有點戒備的看著塗山，狐狸和黃鼠狼都是差不多的動物，反正凡間的人對這兩種動物的印象都是狡猾的，直接把兩者當成同類也未嘗不何。

事實上芙蓉的確沒有看過活生生的狐狸和黃鼠狼，對兩者的形象只局限在仙界動物百科之中，裡面的描述和繪圖風格與仙界版《山海經》沒有太大分別，看完了都沒辦法具體的認清那種動物的形象。

不過這樣硬來的湊合令某位千年狐仙心情不爽了。

「我鄭重的抗議，我和黃鼠狼一點關係都沒有。」事關個人尊嚴，塗山是打死都不會認為自己和黃鼠狼是同類，以他的角度來看，黃鼠狼拍馬都沒辦法追上他的！

「不過我現在倒是可以示範一下什麼是黃鼠狼可能會做的事。」

塗山半瞇起眼，嘴角勾起一道惑人心神的微笑，瞬即兩人身處的街道人聲霎時消失變得異常寧靜。芙蓉大驚失色看著滿街的人漸漸的被霧氣隔開，兩人的四周突然飄起一層濃霧。

芙蓉從沒見過這樣的法術，正想警告塗山別亂來，卻看到他從衣襟摸出一張紙，接著快速的寫了幾行字，在芙蓉意識到他在做什麼想要阻止時，那張紙已經被一簇火苗燒了。

「你到底寫了什麼！」

「黃鼠狼不安好心的不是嗎？我不是說幫妳問嗎？既然妳這麼怕地府的主子們，那我現在就出面把他們叫上來囉！」

「你……你……你！」芙蓉既慌亂又像大受打擊的伸手指著塗山的鼻子，半天也沒能說出後半句話，看到那張紙已化成飛灰，芙蓉絕望的刷白了臉色，只剩下驚慌的大眼睛怨懟的瞪向塗山，然後狠狠的擱下了一句。

「你給我記住——！」

留下這句理應是壞人被打敗時擱下的臺詞，芙蓉拉起裙襬以最快的速度逃離現場，甚至沒有注意自己正在假扮凡人，竟然直接往天上飛走了。

「還好我有先見之明設了法術，希望沒有人看到她吧！」塗山看向芙蓉飛走的方向，確定已經不見人影後，伸手把剛才設下的法術撤去，身影大概是遮掩了，但芙蓉近似慘號的叫喊聲還是引起了途人的注意。

說不定很快就會傳出有人撞鬼的傳言。

街上的人或三或兩的低頭接耳，似乎為了剛才疑似女子的慘叫聲而擔心，大部分人無不立即趁太陽仍高掛時趕著回去，膽子較小的已經回頭跪地求廟裡的神明保佑。

塗山仍站在那個不起眼的角落，耐心的等待著應該會出現的人。果然半刻鐘的時間不到，他就等到了。

來人站在他後方，雖然沒有打照面，不過對方身上的氣息和聲音，塗山想認錯也難。

「這不是玩大了一點嗎？塗山。」

十
女仙也怕鬼?!

人來人往的路上，一個頭上戴著斗笠的人無聲無息的出現在路中心，四周的人像是看不到他似的很自然的繞開了他所在的位置。這人斗笠的邊緣掛著及地白色垂紗，在陽光之下白紗仍是阻隔了外人的好奇，從外看到的只有模糊的輪廓。

「我只不過是應閣下的要求好好的照看、適度的插手幫忙不是嗎?」塗山轉個頭衝著身後的人燦爛一笑，但這笑容卻不像芙蓉在時那般自然。

「既然已經知道她和東嶽帝君有過節，那你還故意在她面前去惹地府的人?」覆著白紗的人輕嘆，白紗之下隱約看到一記不滿的眼神。

「芙蓉和地府有過節是她的事，我個人和地府十殿的主子們還勉強有些交情。這次李崇禮的事，我同意幫閣下照看芙蓉是因為我們目標一致，但既然她已經技窮想不出辦法，我也沒時間慢慢等，她做不了乾脆就由我來，這不好嗎?」

塗山聳了聳肩表達自己的不以為然，他的確是因為眼前這位舊友的請求才願意現身在芙蓉面前，也願意適時的幫一把。面子他給，但人情要賣到何種程度就是他決定的了。

換了是別人開口，即使雙方目標一致他也不一定要聯手合作，他一個人已經有自信把事情處理好，沒有必須和芙蓉合作的需要。

「但也不用把地府的人找上來吧？她會怕的。」白紗下的人轉頭看向遠一點樹下不知何時出現的人，然後深深嘆了口氣。

樹下的人撐著傘，傘緣遮了大半張臉看不清長相，遠看只能看到那人穿著墨藍色長儒衫，背後垂著長長的頭髮，不太像正常書生會有的打扮。

「哎呀！效率好快，已經來了呢！閣下要過去打個招呼交流一下嗎？」塗山對樹下的人揚手打了個招呼，對方輕輕點頭作為回應。

「不了。」

「那就失陪了，我想閣下應該還有其他事忙才對。」

「你……塗山，可不可以不要用閣下這樣的稱呼叫我？」

塗山臉上的笑容像是凝固了一樣，媚眼中的笑意也隨著對方這句話迅速退去。

「從閣下飛昇的那一天起，我們已經不再站在平衡線上，我喚你一聲閣下自是當然。」

瞬即兩人之間只剩下默然，疏離的笑容和那回答令塗山的舊友頓時變得不知所措，白色長袖遮掩了他因為慌亂而緊握的拳頭，嘴巴試圖想說些什麼化解兩人之間現在的尷尬，可是張開了嘴卻發現再說什麼也已經徒然。

把兩人過去的種種搬出來只會讓雙方之間的裂痕變得更大。大家深明這一點，他們現在的交情也是建基在不提起過去為基礎，把事情挖出來說就等於撕破臉，到時恐怕他們再也不是朋友了。

「不能讓地府的貴客等太久，失陪了。」見對方遲疑的樣子，塗山知道是該結束的時候了。

「塗山……」

「我們的話題就此打住吧。」塗山應聲回過頭，微微的扯動了上揚的嘴角，不想再說的態度十分明白的表現出來。

原本想伸出的手悄然垂下，看著塗山走遠的背影，這位舊友再也沒有說話，只是默默的隱去身影消失在路上。

樹下的人看著這一切並沒有發表任何意見，看著塗山的臉由冷然的笑容慢慢回復暖意也像見怪不怪的。

稍微移開陽傘一點，傘下的青年有張沒太多血色顯得蒼白的臉，標準美人胚子的鳳眼配上細長的睫毛，臉的上半部給人很秀氣的感覺，但因為有著高挺的鼻梁和薄唇才不令他的長相變得陰柔，而整體的感覺是很成功的讓人覺得他不怎麼健康。

如果在沒有月光的夜晚看到他一個人在路上走，這臉色和他身後飄飄的長髮一定會嚇壞人。

塗山走到青年身邊時立即發現對方設下了凡人退散的法術，因此塗山也正好退去身上的偽裝以真面示人。

「很久不見了，看來你怕陽光的毛病沒怎麼好轉？」退下身上的偽裝，塗山自己也是一身輕鬆，他狐媚到極點的拋出一個討好的媚眼。

可惜對方不懂欣賞立即回了一記白眼。

「你試試長年累月待在一個沒有陽光的地方工作，一下子就要你在陽光下曝曬會有怎樣的下場？」青年完全沒有收起傘的打算，更指使塗山站在陽光曬過來的方向，把找他上來的罪魁禍首當成人肉遮陽傘使用。

「我這是給你從地府偷閒來陽間呼吸新鮮空氣的機會，怎麼聽起來卻像是在怪我似的。」

青年白了塗山一眼，薄唇幾不可察的抽了一抽。

「你找我上來無非是為了生死簿。難道你不知道這是多麼麻煩的事嗎？」青年一反他給人病弱的第一印象，眼神凌厲又凶狠的瞪向塗山。

「只不過是查一個凡人的生死罷了，又不是要你把生死簿的內容改掉，用不著這麼狠的瞪我吧？」

「你想也不要想!連看都不應該給你看的，更別提篡改生死簿這種違反天規的事了!」

「那生死簿呢?」

「沒拿上來。」

「東西沒帶那你上來幹什麼?」聽到自己一心想要的東西竟然沒有帶，塗山立即沒興趣繼續當人肉遮陽傘了。

「如果是你個人想問，我告訴你也不是問題。但你這次找我是要幫別人問的就另當別論。」把傘的角度微調，確定了自己不會被陽光直接照射後，青年以埋怨不滿的眼神看著塗山。

對方的態度明顯有著不滿，聽著這番話，塗山現在的心情倒是帶著震驚，他的確很久沒找地府工作的朋友喫茶聊天，但不過是少見了點，眼前這位怎麼變得這麼斤斤計較了?

「你們地府當主子的不是這麼小氣吧?秦廣王，那個丫頭不過是得罪了一下你們最大的那個，這些小事不用針對她吧?」塗山失笑的看向身為地府十殿閻王之一的青年，據他所知秦廣王絕對不是十人中最小氣的那個，他會這樣九成是受到東嶽帝君的壓力吧?

這下子塗山更好奇芙蓉到底做了什麼事，竟然讓東嶽帝君生氣到讓十殿閻王都玩針對了。

「我才沒有這麼無聊，是芙蓉那丫頭單方面覺得事情很嚴重而已，帝君根本就沒在意，你知道帝君的個性，他是不會解釋也不會讓我們去解釋。這次是帝君下命令，地府一概不能摻和到連天宮都打算插手的皇位鬥爭之中。」這位外型和地府主君形象完全不符的青年又移了傘的方向，像怕會曬黑的姑娘似的不讓陽光有一絲一毫曬到他身上。

秦廣王說得頗輕鬆，三言兩語已經把外間還不知道的情報說了出來，既不怕塗山會多嘴說出去，也不怕這消息會駭到塗山似的。

「仙界插手？太誇張了吧？不就只是皇子爭位，差不多每朝交替都會發生的。」聽到仙界要插手皇位之事塗山有一點驚訝，他不是沒想過仙界早晚會介入，畢竟宮裡有妖邪存在仙界不會坐視不管，有仙界插手了，潛藏的妖邪自然沒空針對李崇禮，對他來說這是好事。

「一點也不誇張，現在九天玄女已經動身了，你說仙界插手的事還會有假的嗎？我看塗山你也小心一點，最好置身事外。」

「沒辦法，答應了別人要幫忙看著那個小女仙，而且李崇禮的事我也不可能放得下。」

「別說我這個做朋友的沒事先提醒過你。」秦廣王像是一早已知事情說出來後塗山會是這個反應，既然對方決定了他亦不必多言。

「就算有事我也不敢埋怨秦廣王一句呀！」

「你應該慶幸不是楚江王來見你，不然你還能笑得這麼欠揍?」

「楚江王才不會上來呀!少嚇唬我了。」

※　※　※

芙蓉面色蒼白的穿過王府的側門像枝飛箭般衝回正苑，一路上旁人討好打招呼或是問候她都像沒聽到一樣。原本的粉嫩花顏已經能用花容失色來形容，她六神無主的神色表現出她大概是在外面受了莫大驚嚇逃回來。

出去一個下午然後驚魂不定的回來，芙蓉的異樣立即在王府掀起一眾下人的好奇心，再加上當事人第一時間衝去王爺的正苑而不是她自己的房間，這下眾人沒機會問出事實。在豐富的幻想力之下，各式各樣的臆測全出了籠，偏偏門房那邊又有人聽說今天大街上和註生娘娘廟那邊有人撞鬼，謠言更是越傳越誇張了。

一波未平一波又起，王妃的事才剛退下熱門話題名單，現在又換疑似王爺將收進房的丫頭撞邪回來了。

作為一府之主，李崇禮這一刻自然是不知道在王府中層層數下去有一個丫頭出了問題，這些小事也不會有人特地稟報。不過，同樣和他一起待在書房磨墨侍候的潼兒卻知道了。

潼兒從書房出來本是打算去取水清洗硯臺，但才轉出正苑大門就被待在外面等著八卦的婆婆媽媽拖到一邊去，這時一直待在書房的潼兒才知道芙蓉已經回來了。然後聽了那些繪影繪聲的實況轉述，潼兒因為驚訝而張開的嘴差點就能塞進幾個雞蛋。

芙蓉會撞邪？那個連玉皇都不怕的女仙會撞邪？什麼妖邪鬼怪厲害到連天仙都不怕而去惹她了？

這幾個問題從他擺脫那些婆媽後一直在他的腦袋中盤旋，即使芙蓉跑回來已經是事實，但潼兒實在無法想像那個能面不改容闖禍惹事的芙蓉有撞邪的可能。

潼兒想得出神，就這樣抱著打滿水的水盆在走廊一直走，沒看見前方轉角的位置有人迎面走來，連對方先一步停下來讓出大半的通道他都沒注意到，應該說他連自己要轉彎了都沒有意識到。

「妳走到頭了。」

「呀！」

突然有人在自己旁邊說話，神遊太虛中的潼兒嚇了一跳，腳步一下子剎停，結果手上水盆滿滿的水濺了自己半身。

潼兒回過神來看到自己胸前濕了大片，但他還很鎮定的站穩了腳步再查看手中的水盆。看到水盆的水勉強還剩下足夠洗硯臺的量後，潼兒鬆了口氣。

「突然出聲把妳嚇到了，抱歉。」站在旁邊的歐陽子穆面帶歉意，要是知道這女孩會嚇一跳他寧願早點出聲，至少現在不會弄得她一身濕。說完之後歐陽子穆自己也愣了一下，隨即正了臉色，他是看在這丫頭年紀小才這麼和顏悅色的道歉的。

「是潼兒自己出神了，歐陽大人別在意。」本來按規矩，潼兒應該自稱奴婢，但光是裝扮成女孩已經夠他彆扭，堂堂仙童的他要說出「奴婢」二字是絕對不可能的！

潼兒認得叫住自己的人，能隨意出入這正苑的就幾個人而已。相比芙蓉這個大剌剌的女仙，潼兒更清楚凡間內不同的雜事，像是朝廷中複雜的官制或是宮廷規矩他都比芙蓉清楚。

畢竟他和無職的芙蓉不同，潼兒在東華臺的職責是服侍東王公，作為一個大人物身邊的侍童，本身要具備的知識自然不可少，而且東華臺裡面收藏的卷籍雜書比天宮玉皇的書房還要多，東王公也允許仙童借來看。加上這陣子潼兒在王府的女人堆中收集了不少八卦，單獨見到歐陽子穆心裡也有底，沒有表現得很慌張。

歐陽子穆在王府裡雖然看似像個總管，但其實他的地位在總管之上，他從小就是李崇禮身邊的伴讀，那些年紀大的僕婦說他有功名在身原本應該做官的，但為什麼沒有入仕就沒人知道原因了。誰有膽子去探問李崇禮暗示過不准人過問的事情？

面對在王府中地位很奇特的這個人，特別是他一看就知道不是個容易糊弄的人，潼兒下意識覺得他們應該保持一定的距離。

說不定現在他和自己也不是偶遇呀！

「王爺書房那邊等我去處理就成，妳下去換身衣服。」

「不用了，等會見不著主子的，幹完活潼兒再換就好。」潼兒掃了掃身上的濕衣，這些小水氣轉頭他用點小法術就能解決了，換衣服什麼的實在浪費時間呀！再說等會洗硯臺時說不定也會弄髒衣服的。

「成何體統？立即回去換，現在！」歐陽子穆也不知道自己為什麼會生氣，只是意識到的時候他已經把潼兒手上的水盆搶到手。

被搶的潼兒愣住的看著他，歐陽子穆沒辦法化解這尷尬的氣氛，一話不說轉頭就走開了。

「成何體統嗎？」呆呆的看著逕自生氣又逕自走開的青年背影，潼兒實在想不明白只不過是濕了一身而已，這和成何體統到底有什麼關係？

懷著這份疑惑，潼兒走到他和芙蓉在正苑歇腳用的小房間，就是塗山先前霸佔的那一間。現在有人主動給他休息時間他也樂得開個小差，正好去看看芙蓉到底搞什麼弄出詭異的中邪傳言。

輕輕的打開門，潼兒立即被屋內刺眼的燭光嚇了一大跳，才剛申時天色還很亮，但房間內的人卻堅持要把所有門窗關得緊緊的，再用滿一室蠟燭把房間裡弄得比白天還要光亮刺眼。

會這樣做的人，潼兒正好認識一個。

「妳在做什麼呀？」潼兒順手把門關好，然後向房內喊了一句。

「避仇家。」

幽幽沒有生氣的聲音從房間的一個角落傳出，潼兒看了房間四周後目光停在角落的櫃子那邊，隨即大大的翻了個白眼。

「要是不想別人知道妳在，那妳就不要出聲回應。還有，不要把房間弄成這個樣子，大白天的點什麼蠟燭？」潼兒先動手把過多的燭臺弄熄收起，再把房間的窗戶打開。手腳俐落的把房間收拾了大半之後，他走到角落的雕花木櫃前，從對門的隙縫中找到要找的人。

「把房間弄刺眼一點那地府的人就不敢進來。」芙蓉和出門前表現得判若兩人，先前神采飛揚現在卻變得垂頭喪氣，她雙手抱膝縮在櫃子中和雜物共對，明明應該只躲了一陣子，卻讓人有一種錯覺她已經住在櫃子裡很久似的。

這種狀態的芙蓉，潼兒見過一次，在東華臺的時候她怕東嶽帝君怕得要命，那時東嶽帝君到訪她就是這陣仗的。

「妳怕的又不是鬼，十殿的主子們會因為點幾支蠟燭就尖叫迴避的嗎？」

「他們比惡鬼還恐怖！」

「被他們聽到妳又得罪他們了。妳怕的不過是帝君一個，不要連十殿的主子也拖下水嘛！再說妳現在又不是要去地府，為什麼怕成這個樣子？」

「塗……塗山……他把十殿的誰叫上來了！」

聽到芙蓉的話，潼兒先是愣了一愣，東嶽帝君手下的十殿閻王潼兒當然知道，不過他和這些大人物的交流僅止在一、兩次奉茶時見過，對方即使記得他的樣子也記不住他的名字。

在東王公身邊當差，不時可以看到這些名聲又響又亮更身居天宮地府要職的仙人。傳說東王公和東嶽帝君是兄弟，這到底是不是真的潼兒不知道，即使八卦跑去問年資長的仙人，他們也只會給你一個非常模稜兩可的答案。

潼兒在東華臺這麼長的時間也只是見過東嶽帝君幾次而已，那位居於泰山峰頂掌管冥府陰間的帝君是位令人印象深刻的人。一頭銀雪般的頭髮，一雙冷鐵色眼眸像是沒有溫度，和東王公並列一起就像是一片冰原遇上溫煦的太陽，不過這片冰原在太陽面前也沒有融化的跡象。

而芙蓉就是在東華臺時得罪東嶽帝君的，可惜潼兒當時不在現場，到底是什麼事他也不得而知。

出事那時潼兒記得自己正好走開，再拿著香茶回去時事情已經發生了。只見芙蓉鐵青著臉色想逃又不敢逃，本身已經冷著臉的東嶽帝君身上飄出的寒氣更是昇華到差點可以把東華臺整個凍結，而主人家的東王公依舊一副什麼都不上心的態度在喝他的茶。

三個當事人不說的話，沒有人會知道發生了什麼。潼兒沒膽問那兩位，可是只要和這件事有關，芙蓉的嘴撬也撬不開，死都不肯說她到底做了什麼惹到了帝君。

事後東王公曾經似笑非笑的說，芙蓉是第一個可以讓東嶽帝君有明顯面部表情的女仙，聽到這評語潼兒忍不住笑了。他是不覺得東王公在揶揄芙蓉，以東王公的身分也沒必要這樣做，恐怕他說的都是發自內心的感想，不過聽的那個卻是從心底震出來呀！

這件事當時是天宮和蓬萊仙島的熱門話題，連玉皇都派人來東華臺八卦了。本來芙蓉對地府的恐懼症還沒這麼嚴重，不過有一次，十殿主子之一的卞城王因為公事來到紫府，他好奇的跑去看看傳聞中得罪帝君的芙蓉，那次之後芙蓉一聽到地府十王和帝君這些人物的名字就會發作。

「叫來了十殿的哪位？」

「不知道，難道我還要等他們出現才逃嗎？要是被他們逮到不整死我才怪！」

芙蓉死活不肯從書櫃裡出來，似乎打定主意外面的蠟燭陣沒了也不出來。

潼兒沒好氣的翻了個白眼，雖然他作為芙蓉引發事件的間接受害人，看到芙蓉如驚弓之鳥一樣四處躲是滿有趣的，但是為了這種自己嚇自己的事情躲起來，潼兒就有恨鐵不成鋼的感覺了。

沒辦法，現在只能由著她在書櫃裡縮著，或許悶出菌類前她會願意出來。

一時三刻他勸不動芙蓉，把房間收拾好後潼兒打算回書房，還沒走到書房那邊就看到李崇禮已經出來了。

因為李崇禮的王爺身分和他跟東王公容貌相似的關係，潼兒在他面前以侍者態度面對並不覺得有什麼違和感，相反李崇禮對他反而有點不適應。

仙童也是仙，他是凡人真的可以隨便支使嗎？

「王爺要外出嗎?需要先去讓人準備嗎?」

「子穆已經去安排了。」李崇禮微微一笑。

沒有叫上潼兒，是因為他知道不用說潼兒也會跟著自己。對於這個身高只到自己肩膀左右的男孩子，李崇禮和他相處得也很不錯，唯一慶幸的是他知道潼兒是男扮女裝的，這讓從來不喜歡用丫鬟的他心裡沒太大抗拒，要是換了芙蓉來弄紙磨墨，他怕沒寫到幾個字就要分心了。

所謂紅袖添香，到時是練字看書好，還是看姑娘的好?

「塗……王妃和芙蓉交代過要跟著你出入的，所以你要外出我也要跟著。」潼兒快步的跟了上去，因為奔跑，頭上的丫髻好像有點鬆，他只好嘟著嘴扶著頭髮。

「嗯。」

確定頭髮沒有散掉潼兒鬆了口氣，等兩人已經走到正苑門口時潼兒才想起一個問題。

「平白多了個人跟著你會不會很難解釋?不然我叫芙蓉隱身和你出去。」根據潼兒收集到的情報，李崇禮出門好像沒有帶丫鬟的習慣，他現在這身打扮可不是書僮，跟著出去恐怕惹人非議。

「不要緊。」淡淡的笑了笑，李崇禮也是很識趣的，自己的王爺身分在仙人面前什麼都不是，能配合的還是他這邊配合才好。不過潼兒的話倒是引起了他的好奇。

「芙蓉回來了嗎？」出门的時候他的語氣竟然有一絲高興，這情緒連李崇禮自己都愣住了。出身皇家，表情要不動聲色是皇家子弟必須學會的，作為皇子李崇禮知道要怎樣掩飾自己的情緒和想法，幸好在場的不是塗山，換了是塗山，就算他臉上什麼都沒有表現出來，恐怕這話一出口已經洩了底。

李崇禮心想自己只是想知道她出去探聽的結果，沒有別的意思。

潼兒自然也沒聽出什麼特別意思，只是側頭想一想之後，還是決定要李崇禮先等一等，他去把芙蓉拖出來。

要不是歐陽子穆在外面打點李崇禮出門的事，潼兒也不敢要李崇禮說等就等。一個丫鬟要主子等，這是什麼大逆的畫面！

看著潼兒轉身雙手扶著頭上丫髻飛奔的畫面，李崇禮的思緒回到自己小時候，那時年紀尚幼的自己在母妃的關愛下，大概曾經也這樣在花園奔跑過吧？

這類記憶不多，理應珍貴，但回憶起來卻發現一切都很模糊。

作為皇子如非太子不能鋒芒盡露，那樣只會招來橫禍早死。但作為皇子也不能平庸，應有的才智要適時表現，從懂事開始他就在這樣的環境中長大，在皇宮甚至是現在他們當皇子每天就是戴著一張假面具做人，不累嗎？

習慣了。

李崇禮現在生出這樣的心思，大概是因為他羨慕出現在身邊的這些仙人吧！長生不老李崇禮不羨慕，比起長生不死他更羨慕仙人沒有塵世諸多束縛的生活。

塗山給他的感覺是老練而深沉的，少了仙人的清靈灑脫，但芙蓉或潼兒卻讓他很是羨慕。

看著正苑的深處，李崇禮想著如果自己能脫離宮裡的紛亂，可否像神仙那樣快活多一點？

但他知道這是沒可能的，只要他叫李崇禮，身分是這個國家的五皇子，那就不會有快活可言。

「王爺？」因為遲遲沒有等到李崇禮出來，覺得有點奇怪的歐陽子穆讓隨行的侍衛和轎夫候著，他回頭去看看情況。他心裡還有點擔心，雖然現在閉門謝客的藉口是王爺身體不適，但李崇禮前陣子的身體狀況不好卻是事實，那時候他都擔心再嚴重一點李崇禮會不會熬不過去。

焦急的快步走進去，才繞過門前的假山庭景就看到李崇禮像發呆似的站在走廊上，看著花園不知道在想什麼。

聽到腳步聲這才讓李崇禮回過神，只見他若無其事收回茫然的神情，朝既是自己左右手又是好友的歐陽子穆微微一笑。

「是子穆呀！稍微等一會。」

要是潼兒在場一定會被他這笑嚇倒，這笑和東王公的太像了。

「二王爺邀帖上的時辰差不多了。」見李崇禮不是倒下沒人知，子穆才鬆了口氣，但他也疑惑李崇禮說要等，等什麼？

「就等一下，二皇兄送帖要我即時到，讓他等會無妨。」負手在後，李崇禮隨意的走了幾步，又伸手摸摸栽在伸手可及處的花草，好像現在的等待就是讓他賞花吟詩似的。

他平日很少擺王爺架子，二皇兄的大業他不想摻和進去，不過既然對方主動找他，那他就有本錢要對方等。何況叫他去，他就得跑著趕去嗎？

子穆心裡的疑惑又更重了。李崇禮讓他準備時明明說早去早回，但現在卻是說要等？等什麼？他疑惑但沒開口問，雖然李崇禮視他為友，歐陽子穆也堅持著兩人身分的界線，他也知道李崇禮有時候什麼都不說，是不想他牽扯到皇家的麻煩之中。

無奈的輕嘆了口氣，李崇禮說要等就等吧！

當歐陽子穆這樣想的時候，正苑長廊一角跑出了兩個人。

王府中禁止下人奔跑，這兩人也盡力的做好這一點，以似跑非跑的姿勢加速走了出來，速度之快，連輕紗羅裙也被她們帶出的勁風吹起。

因為王妃最近很端莊，歐陽子穆自問很久沒有見過王府中出現這麼豪邁的步姿了。

看到潼兒和芙蓉，李崇禮的視線從手邊的花移到逐漸接近的人身上，然後他又笑了。

王府中多了這些天外之人真的變得不同了，明明平時看到下人走路大步一點他也會覺得沒規矩，現在他竟然覺得很滿意。因為他們不屬於凡間，所以李崇禮不介意他們有自己的一套，仙人不應該受凡間規矩束縛，他也沒在意別人說王府一向嚴謹的規矩被打破了。

一大一小兩名少女穿著王府大丫頭的服飾風風火火的疾步過來，而且還是小的那個拉扯著大的趕來。兩人一看到歐陽子穆在場，剛才還在吱吱喳喳的嘴立即乖乖閉了起來，連步姿也步慢了一點。不過掩飾得太遲了，不堪入目的畫面早就被人看盡了。

兩人先來到李崇禮的面前欠身行禮請安，隨即潼兒又忙著托住他覺得快要鬆散的丫髻，被強拖著來的芙蓉仍是一臉大難臨頭的神色，她心裡不願意出來但又怕因為自己的任性而出什麼差錯。

要是她不跟著李崇禮就出了事怎麼辦？想到這芙蓉就鬱悶了，她不知道地府上來的那位回去了沒，要是等會不巧遇上不就悲催了？說不定還會看到塗山欠揍的笑容。

若是這樣，她真的挖個洞先埋掉自己化回天地靈氣好了，欠債什麼的都如浮雲隨風而去吧！

「走吧！」

人齊了，李崇禮轉身往外走去，而餘下的三人自然跟在主子後面。

來到王府正門，轎子和換穿常服的隨行侍衛已經準備就緒，當他們看到李崇禮時自然是行大禮，然後看到跟著出來的兩個ㄚ頭則令他們一臉的意外，這沒有掩飾的驚訝神情令芙蓉本已煩亂的心頭又閃過一陣不安。

她有預感，等他們這次出門回來後，十成十王府中的婆婆媽媽又會傳出新的八卦傳聞，到時她耳朵要長繭外，還得想辦法不讓潼兒聽到免得他抓狂。

別人下凡她也下凡，但怎麼好像她特別諸事不順？

因為她沒事先去拜一拜玉皇嗎？

不是她不想拜，而是她根本連準備的時間都沒有就被踢下來呀！西王母娘娘和玉皇都不可以因為這樣就小氣不保佑她呀！

芙蓉沒有在心裡朝東王公吶喊，因為她知道就算吶喊了，東王公也只會回應一個淡如清風的表情——他大概連扯一扯嘴角都省了。

待李崇禮上了轎，芙蓉和潼兒二人跟在轎後慢慢走，領頭的侍衛和轎夫很合拍，步速雖然快但不會讓芙蓉他們跟不上。

下凡後沒認真逛過街的潼兒一邊走一邊好奇的環看四周，出了門他才發現沒有問過這次出府的目的地是哪。想找芙蓉悄悄話一下，但潼兒發現芙蓉正自顧自的在旁邊咬牙切齒狀甚忙碌，看來短時間內找她說話不是明智之舉。

潼兒想了想，只好加快腳步湊向走在轎子旁邊的歐陽子穆詢問。要知道等會要去什麼地方、見什麼人，才能準備該用什麼態度應對。

十一
姐姐也是有兩把
刷子的～

白山樓，這次二王爺李崇溫約見李崇禮的地方。

向歐陽子穆問到這個目的地後潼兒仍是一頭霧水，他根本沒在京城逛過，白山樓是什麼、在什麼地方，他完全不知道。

「等會到了白山樓，妳們待在王爺身邊不要亂走，王爺很少帶丫鬟出來，這次二王爺見著妳們一定會多問幾句，謹記別亂說話。」

「嗯。」潼兒乖巧點著頭，絲毫沒有注意旁邊的隨行侍衛聽到歐陽子穆這麼主動說明而震驚。

提到二王爺，潼兒有印象，因為二王爺跑到李崇禮王府那天，就是他悲哀的要用女裝示人的開始！低頭看了看自己明明是男兒身卻穿著輕飄飄的裙子，頭上也得弄個丫髻還綁了絲帶呀！現在他照鏡子，每照一次他內心就得慟哭一次呀！

很快李崇禮一行人來到了京城一處最多官家公子出沒的地方，那邊的酒樓及商店賣的都是高價的珠寶絲綢。

潼兒第一次出來看得眼花撩亂，而從自己的思緒回來了的芙蓉則對這些名貴東西沒有興趣，要是現在出現幾間回春堂她或許會有興趣去看看草藥。

雖然隨行的兩人沒有意思要吸引別人注意，但是仙女仙童的容姿又怎不會吸引途人的目光？

芙蓉和潼兒兩人身上的丫鬟服是王府中最高級的，一般穿這等衣服的丫鬟都跟在主母身邊服侍，衣料及裝飾雖不及主子的華貴，可是這身衣服已經比得上一些小家碧玉的行頭。

這樣兩個水靈靈的美人胚子，自然會吸引不少公子哥兒的注目禮。當事的兩人完全沒有感覺，在仙界一個是人人注視的惹禍精，另一個是待在東王公身邊被同樣是大人物的其他仙人打量都已經麻木了，一些凡人的視線潼兒真的不在意。

正是他的不在意，卻偏偏引起旁觀者的暗湧。

耳尖的芙蓉很快就聽到路旁打量他們的人一句句「小美人呀！性子天真可愛最好是早早帶回家好好培養，長大一定是個大美人啦！」，接下來還有一些更邪惡的發言。擔心潼兒聽到之後會暴走，所以芙蓉每聽到一句就瞪向那裡，誰知道正是因為她目露凶光才把潼兒的乖巧無限放大了。

侍衛們和歐陽子穆也一臉無奈。要不是他們沒有打出寧王府的名號，這些所謂的風流才子哪有膽子在背後評論別人家的婢女！

雖然侍衛們和芙蓉二人並不相熟，但好歹大家是同一座王府出來的自然要照顧，所謂同仇敵愾，他們也容不得王府的丫頭被人如此評頭品足。悄悄記下一些太過分的發言，這幫漢子決定君子報仇十年未晚，一定會找機會好好教訓這些枉讀聖賢書的偽君子。

「爺，白山樓到了。」

轎子緩緩的停在一家裝潢豪華的茶樓前面，潼兒上前小心掀起轎簾，待李崇禮走出來站定，白山樓的掌櫃已經恭敬的出來迎接。

在途人的注目下，寧王府一行人走進了白山樓。

這家在京城中出名的有銀兩沒有身分也進不得的茶樓，背後是誰在撐腰有好幾個說法，有傳是幾位皇子在背後操控，但沒有證據，而且白山樓亦從來沒有小辮子給人抓過，所以目前還沒有人太過在意。

「五爺大駕光臨，小店實在蓬蓽生輝呀！」

見慣了大人物的白山樓掌櫃自然知道這些王公貴冑喜歡聽什麼，平時打好關係拍好馬屁，這些主子自然會漏點油水下來了，耍耍嘴皮兒又不用成本，只要小心一點說話不用得罪人又搏得好感，一直是他愛用的法子。

「帶路。」李崇禮不愛應酬，遇上阿諛奉承的人他聽過那些廢話也就算了，並沒有想法要收買人心為自己辦事。

難得到白山樓一次的李崇禮從踏進來後臉色都沒好過，掌櫃識趣的住了嘴，把貴客帶到廂房就退下去了。

「哎……五爺什麼時候也帶婢女隨行了？」哈腰恭送貴客進房後掌櫃才站直了腰，這時他注意到自己遺漏了兩個不尋常的人。

寧王的深居簡出是有名的，他與王妃不和也是上流圈公開的祕密，即使如此，一直以來都沒有傳過風流逸事的寧王帶了兩個美婢出門，他和王妃已經進展到撕破臉的程度了嗎？這可是最新的八卦呀！

進入廂房就看到屬於李崇溫的侍衛，而珠簾之後便是風風火火把人叫出來的東家了。

李崇禮走向前，機靈的潼兒走快兩步上前替他撥開珠簾，相反芙蓉沒有自覺的跟在李崇禮身後，當她看清珠簾後的人時卻愣住了。

珠簾後是一個布置氣派的花廳，桌子上布了一些小點心，而坐著的有兩個人，一個是之前芙蓉已經知道的李崇溫，而另一個則是和前者十分相像但年紀只有四、五歲的小男孩。

玉冠華衣一看就知道這孩子出身非凡，當今皇上沒有這麼小的兒子，所以這孩子一定是李崇溫自己的兒子——正因為這樣芙蓉才會感到驚訝。

見到她彷彿又神遊天外，潼兒在心裡大叫救命，在王府他還有辦法可以瞞，現在既在外人面前塗山又不在身邊，憑他不入流的小法術，發生事情真的無法應付呀！咬了咬牙，潼兒把定睛看著別人的芙蓉扯到一邊，在李崇禮落坐的後方找了個不起眼的位置站著。

「妳又怎麼了！不要跟我說妳發現二王爺和地府十王的哪位長得一模一樣！」確定芙蓉的異狀沒有引起兩位王爺的注意，趁他們開始用社交辭令寒暄時，潼兒忍不住用手肘撞了芙蓉一下表達他的不滿。

「不是啦！是那個孩子……潼兒有沒有看出什麼？」芙蓉壓著聲線，視線仍沒有從那個小孩的身上移開。

主桌上兩個大人一直沒有把主題說明白，只是一個勁的繞圈子。邀人出來的李崇溫想李崇禮主動問他，但偏偏後者一點也不急，你不說就由得你，一副坐夠了時間晚了他就回去的態度，兩人都不肯主動交談變得毫無進展。

對兩個大人的對話有聽沒有懂的孩子安靜的吃著點心，因為光坐著也很無聊，他圓大的眼睛四處張望。

說實話，李崇溫這個兒子唇紅齒白、眼睛又圓又大，雖然現在才幾歲，不過臉圓圓的很好掐的樣子，長大之後肯定也是風采非凡之輩。

「我的道行不夠，真看不出有什麼奇怪哦！」潼兒左看右看都看不出特別來，就是一個長得可愛俊俏的小孩呀。

「我也不太肯定，或許是我看錯了。」芙蓉嘀咕著的時候，她的視線跟那無聊在四處看的小孩對上了。

芙蓉真的希望是她看錯，現在皇宮奪嫡暗潮洶湧，偏偏她現在看到一個天生帝王相的人，竟然不是今上的兒子而是孫子，說出來事情很大條吧！

就算只是小孩，但含著金鎖匙出生長大的世子自然不會高興有陌生人、而且還是一個下人目不轉睛的盯著自己，小孩心性倒還天真無邪，沒想到要處罰或是責備對方，但他就是不習慣平日應該在自己面前低頭的人這般緊緊看著他。

有點賭氣的想瞪回去，可是他看向芙蓉和潼兒後，換他看得呆了，原本想出聲罵人的嘴卻硬生生的固定在微張的狀態。

芙蓉和潼兒本以為會被這個天之驕子指著鼻子罵，他們各自已經在心裡想好各種解釋，連最壞的情況——要被人拖下去打板子都想好解決辦法了。

但這小世子的反應出乎所料，就算不處罰他們，也不是愕然的看著他們吧？

原本在吃點心的孩子動作突然停頓，自然吸引旁邊家長的注意，順著自己兒子的視線看過去，李崇溫也看到了芙蓉二人。其中一個他有印象，之前到寧王府時好像是跟在寧王妃身邊的，主母把自己的丫頭安排在丈夫身邊並不出奇，只是這小丫頭旁邊較年長的少女連他都不得不暗暗羨慕李崇禮的齊人之福，這種美人胚子竟然可以無聲無息的找到還放在身邊。

李崇溫心裡不由得生出另種心思，倒不是看上皇弟身邊的人想要搶，作為皇子，他們要什麼美人沒有？沒必要為了一個女人和有可能成為自己助力的皇子交惡。

只是那個脾氣火爆的寧王妃竟然默許李崇禮收人？這兩個小美人還有可能是她親自挑的，看來他們夫妻不和的傳聞有待商榷，等會的策略可能得調整一下了。

「五弟這兩個丫頭真是水靈，看得我家旭兒也目不轉睛了。」李崇溫伸手摸了摸兒子的後腦杓一邊開玩笑，順便藉此把剛才沒有進展的寒暄拉到另一個話題上。

女人，永遠都是男人間最容易打開的話題，騷人墨客也免不了對有才情的女子以詩畫表達讚賞，雖然兩個丫鬟年紀輕輕才情大抵有限，可是以容貌評論已足以引起話題了。

她們是寧王李崇禮帶出來的人，自然不用擔心會有人藉強權搶人，即使在這白山樓多的是權貴，但李崇禮平日再低調也沒有人敢對皇子的女人動手。只是，從沒帶過女人出來的李崇禮這樣做是什麼意思？李崇溫不得不懷疑，他必須好好揣度一下當中是不是別有含意。

「芙蓉和潼兒過來跟二王爺問安。」對方都問及了，李崇禮也不能裝作沒聽到，公式化的讓人上前請安，這舉動也在暗示這兩個丫頭在王府的身分有點不一樣。

李崇溫自然會意，也不會笨得過分尋根究柢。

「五弟妹真是貼心，看這兩個丫頭教養得不錯，要是換了一身打扮說是官宦世家之女也不失禮。」李崇溫笑著說，正好讓他把話題轉到寧王妃身上，這才是他今天把李崇禮叫出來的真正原因。

二王爺的讚譽自然不會令芙蓉和潼兒特別高興，只是走得更近芙蓉就能看得更清楚。然而僅是數步之隔，這名叫旭兒的小世子的面相連原本不肯定的潼兒也差點沒壓下驚呼！

帝王之相生在這孩子身上，但偏偏他的父親李崇溫身上一點也沒有，這說明什麼？這孩子將來登基絕不是由父傳子的！

「王妃理當要細心，二皇兄今天好幾次提到王妃是有什麼原因嗎？」

「我也不花時間和你繞圈子。五弟自是知道這陣子在宮中女眷之間流傳的謠言了吧？」

「二皇兄什麼時候對宮中的流言蜚語生出興趣了？」語氣平淡無波，李崇禮自然心知李崇溫說的是哪回事，但一句話就想動搖他也太難了。

「要是這流言已經驚動了太后，你說我能不注意嗎？」

這次李崇禮閉口不語了，這陣子他稱病待在王府自然沒進宮，母妃娘家在京城也沒有人，只靠自己之前布下的眼線也沒辦法把所有事情都知道得一清二楚。而且要是有人故意去找太后嚼舌根當然不會大張旗鼓，他會知道大概也是他家王妃進宮時聽的。

「什麼流言？」

這的確是不得不處理的問題，李崇溫把自己叫出來就是想用這件事拉攏自己吧？

孫明尚在王府花園中埋的東西，就算要求府中人噤聲也沒有用，她這樣做自然是有人在背後教的，那次他阻止孫明尚進宮說不定已經引起那些人的注意。

會教別人使用邪術的人打的都不會是好主意，這背後的指使者就算不是宮中嬪妃，也會是她們背後的某些人，現在事情驚動了太后，想必很快就會有懿旨來了。

偏偏宮裡每一個主兒都對邪術咒術很敏感，處理不好一定會有麻煩。

兩位王爺都沒有屏退側近，所以芙蓉他們也聽到了。上次她到後宮遇上塗山時就見過鬼魔，這次要陰的不成換明著來了，就知道塗山裝得那麼端莊一定會出事的！

「芙蓉……這情況很糟嗎？」

端正的站在李崇禮身後，潼兒有點緊張的聽著兩位王爺的話，凡間宮廷是出了名的麻煩混亂，雖然皇帝最大，但百行以孝為先，太后有什麼要求只要仍在情理之內，做皇帝的不能拒絕。要是興師問罪起來，他們到哪裡找個真王妃出來呀！

潼兒有點擔心把塗山交出去恐怕事情更會一發不可收拾。

「應該說是很麻煩吧！萬一他們要塗山進宮，那傢伙一定很高興和對手過招。搞不好事情會更嚴重。」

芙蓉和潼兒用仙術傳音，這招芙蓉過去也經常和潼兒一起使用，特別是闖禍之後約定逃命的會合地點，這方法既隱密又方便，過去芙蓉擔心炸了東華臺要躲起來避東王公時沒人接濟她，所以抓了潼兒一起苦修這法術。

其實芙蓉知道潼兒在她闖禍後拿東西接濟是東王公默許的，本以為東王公也是好人，想不到最後東王公也同意把她扔下來還債！

「王妃真的沒辦法找到嗎？」

「回去問塗山就知道了，要是死了他一定可以從地府那位口中問回來的。」雖然對地府十王和高高在上的帝君心存忌憚，也氣塗山明知道她怕得要死也要喚人上來，但無奈芙蓉也不能否認這的確是最直接的方法，有誰比地府生死簿更清楚人到底死了沒？

孫明尚的事沒完，現在又冒了個帝王相的孩子出來，事情越變越麻煩了。

「我說芙蓉……那這孩子真的會做皇帝嗎？」

「天命所歸就是了。」芙蓉不置可否，帝王之相不是隨手撈就撈得出來的，亂世之中有這命相的人自然會成為開國之君，而且天命不可違，一個帝王相的人最後當不了皇帝不就是逆天了嗎？

芙蓉又看向小世子。坐了好一會小孩對點心已經失去興趣，拍掉了手上的碎屑伸手探向蓋碗，當他打開杯蓋的一刻，芙蓉臉色一變。

沒有人察覺到那杯茶的異樣，在小世子旁邊的李崇溫也是繼續說他的話沒留意到。

「五弟就別裝了，寧王妃這陣子的改變所有人都是有目共睹，之前她的脾性可絕不是這樣子，而且王府中的事也不一定傳不到外面去。」

話說到一個段落，接下來李崇溫預計要等一會兒才會得到李崇禮的答案，他也拿起蓋碗，這下芙蓉顧不得自己是不是錯覺，突然向前跳了兩步，兩手一抓，一大一小兩人拿著蓋碗的手就被她抓住了。

「芙蓉？」李崇禮驚訝的看著突然動手的女仙，滿臉的愕然。

如此大不敬的舉動自然引起隨行侍衛的反應，廂房內突然陷入劍拔弩張的情況。

李崇溫和旭世子也沒想到這個婢女這麼大膽，沒有主子授意不但走上前，更在明知道他們的身分也敢動手捉住他們，這等冒犯李崇溫就算本著拉攏李崇禮的意思也不禁心裡有氣。

如果這丫頭是恃著自己幾分姿色就這樣做的話，他會讓她知道後果的，就算她是皇弟的人也一樣！只是如果她這樣做是李崇禮授意的，那麼，五弟到底在打算什麼？

李崇溫的心思在短短的一瞬間高速的轉動，他希望李崇禮站在他的陣線上，但並不會為此而什麼都要忍讓。

李崇溫驟變的臉色李崇禮第一時間察覺到了，他二哥這臉色代表什麼他當然清楚，平日表現和氣氣但是李崇溫的傲氣是眾所周知的，芙蓉現在這樣做必定會惹怒他。

「芙蓉放手，向二王爺賠個不是……」李崇禮試著打圓場，他肯出面李崇溫大抵願意給他面子不問罪，不然照規矩李崇溫要罰，他也不好過分袒護，不然就等於在下李崇溫的面子了。

可惜他的苦心芙蓉只用搖頭來回應，李崇溫沉下的臉色她只是輕輕掃了一眼並不在意。現在的

情況雖然是她理虧，但她相信等會就換人感謝她了。

李崇溫的臉色再沉了幾分，要是芙蓉聽李崇禮的話快快放手然後告罪求饒，這面子他也可以賣給李崇禮，但這是什麼？主子都開口了她竟然搖頭？

正想喝令她放手，但李崇溫發現他竟然揮不開那隻纖纖玉手，明明沒有感受到她用很大的力度捉住自己，但不論是他想揮開她還是抽回手都做不到。

「芙蓉的無禮等會再向王爺和世子請罪。」芙蓉雖然不肯放手，但表面功夫還是要做的，先擺一擺低姿態能免卻很多麻煩的話她也無所謂，可要是讓李崇禮得用什麼承諾或人情保她，她則會過意不去。

若她下凡來什麼也沒成事卻害人被痛打三十大板，傳回仙界她連剩下的一丁點面子都會沒了。

「潼兒，把茶杯全都拿開。」盯著李崇溫還有旭世子手上的蓋碗，芙蓉喚了潼兒上來。

潼兒小心翼翼的把兩人手上的蓋碗取下放到桌上他們搆不著的位置，然後連李崇禮還沒碰的蓋碗也收了起來。

蓋碗確實被拿開後，芙蓉鬆開手退一步福了福身，然後低著頭，她知道要是現在還把頭抬得高高的，恐怕會刺激到面前已經生氣到不行的二皇子動手摑她一巴掌。

「五弟，我需要一個解釋。」即使壓下怒意，李崇溫的語氣也說不上有多好。

聽到他這等同最後通牒的話，李崇禮也只能嘆一口氣。無奈的看向肇事者，又看了看桌上的三個蓋碗，他大概猜到一定是茶水有問題芙蓉才會這樣做，而且是不得不這樣做。

「芙蓉，如果妳不能解釋，我只能把妳交給二王爺發落了。」

李崇禮的為難芙蓉和潼兒當然知道，只見她抬起頭朝李崇禮一笑，然後又重新向兩人福了福身，然後擺手比了比被潼兒拿開的三個蓋碗。

「兩位王爺的茶，要是芙蓉沒記錯，是王爺進來之後下人重新泡來的吧？」

「是又怎樣？」李崇溫挑起眉，語氣不悅的說著。他放在椅子扶手上的手一下一下有節奏的敲著，他用凌厲的眼神和身上的皇家氣勢試圖壓制芙蓉，只可惜他不知道眼前的丫頭不是人，且身分比王爺之流更高的她天天都能見到。

「那芙蓉敢說這三碗茶不能喝。」

此話一出，李崇溫及李崇禮兩兄弟臉色一變，「不能喝」這三個字所含的意思可以很廣泛，是情理上不能喝，還是茶水有問題不能喝？

現在的情況不存在前者，那就是茶水有問題了。

李崇禮心裡也是一驚，如果剛才芙蓉沒有阻止，那麼先喝了有問題茶水的二王爺和旭世子出了什麼事，同樣在場的他絕對是難辭其咎，即使他什麼也沒做，外人也會認為是他對二皇子下毒手，讓幕後主使人既能達到剷除二皇子的目的，也找了個極好的替死鬼。

反之，換了是自己出事，那麼二皇子自然不用想再爭皇位了。

不論被誣陷為加害者或是變成受害者，都令李崇禮感到十分不安及憤怒。

在他平靜無波的表情下，錦袖下緊握著的拳微微顫抖，想不到自己一直表明無意摻和太子之爭，卻屢次被人當成目標千方百計要剷除他！

而和李崇禮想到同樣情況的李崇淵，心裡的怒意更盛，所有和太子之爭有關的勢力快速在他腦海掠過，要是有人下毒，誰最可疑、誰能有最大得益，他已經心裡有底了。

李崇淵瞇了瞇眼，一絲狠辣掠過眼底，但接著他卻笑了，就好像剛才什麼事都沒發生一樣，沒有婢女冒犯，茶水也沒人提出有問題一樣。

芙蓉和潼兒也一言不發的站著，前者撇了撇嘴覺得等他們揣摩事情很花時間。

「你們全部出去，除了守著門還要留意有沒有人離開白山樓，就算是一個下人都要給我記著。」朝自己侍衛的領班打了個眼色，李崇淵把手下的人全打發到外面。

同樣李崇禮也朝歐陽子穆點了點頭，後者雖然一臉擔心，但仍是領命和侍衛退了出去。

豪華的廂房內頓時只剩下五個人。待房門被小心的關上後，李崇溫緊盯著那三個蓋碗，然後視線再落回芙蓉身上。

「妳憑什麼說茶水有毒？」

「有毒，還很毒。王爺有絹巾在身嗎？」芙蓉自信滿滿的點頭，接著走前一步伸手就向李崇溫要東西了。

「妳還沒回答本王爺的問題，反倒要我給妳東西了？」

「用王爺身上之物證明以杜絕王爺說我取巧，更杜絕了把我冤成下毒者的風險。」

「好。就依妳。」李崇溫沉吟一會，期間也一直留意李崇禮的臉色，他這五弟一如往常沒什麼大表情，眼中既沒有慌亂倒有些憤憤不平，似乎這事真的與他無關。

「謝王爺。」福身謝禮，芙蓉隨即把其中一個蓋碗打開，把絹巾扔了進去。

「滋」的一聲，絹巾沾到茶水的一角迅速被腐蝕變黑，這一幕讓李氏三人臉色大變，光是碰到都化灰，喝下肚還能活嗎？

他們的震驚盡收在芙蓉和潼兒眼底，前者強忍著想揚起的嘴角，而後者死命的摀住嘴不讓自己尖叫出來——那碗茶水變得非常有腐蝕性的效果，他有印象！

旭世子嚇得掉下椅子嘴一扁就想要哭，潼兒第一時間反應過來，上前把人扶起之後沒有送回原位，倒是讓他坐遠一點。要是芙蓉用那碗不知什麼時間被她加料的茶水繼續玩把戲的話，波及大人就算了，若小孩子也被波及就太可憐了。

芙蓉自己是若無其事把沾到毒水的絹巾鋪在桌上，隨即桌巾也被絹巾沾有的毒水蝕出幾個大洞來，兩個王爺的臉色簡直難看得要死。

這毒太猛了吧？雖然下毒殺人是希望見血封喉，但這碗茶的威力就太過火了。

「還要再試另外兩碗嗎？」芙蓉有點意猶未盡的問。

「不用了。剛才妳的無禮本王也不追究了。」

正因為芙蓉打破了沉默，兩位王爺才從震驚中回過神，陰謀黑手都是一些宮廷常見的事，差點被對方陰了但人現在沒事，他們也會開始有自己的手段反擊和提防。

前者不用說，便是李崇溫選擇的手段；而李崇禮雖然不想捲進那爭奪戰中，但是對方已經對他動手了，他再不動作真的會死了也不知道是因為什麼事。

要是沒有芙蓉，他或是李崇溫父子一定沒法察覺茶水有問題的。雖然他也不相信這杯能蝕骨腐肉的茶是原裝的，但不能排除本身一樣有問題，現在這誇大了的效果可能是芙蓉暗中施了點小法術吧？

「五皇弟，今天的事我想……」

「絕不會說出去。今日我們兩人平平安安的回到府中，下手的人自己也知道事敗，二皇兄打算做什麼崇禮沒有意見。」

「要是太后宣五弟妹入宮，我會讓你二皇嫂幫忙看著的。」李崇溫說完這話後，起身牽過被潼兒哄著的旭世子打算離開了。

「二皇兄。」

「五皇弟還有什麼想問的嗎？」李崇溫停下腳步，轉頭看向早已回復一臉平靜的李崇禮。

他就想這個平日萬事不想插手的皇弟遇上這次下毒事件會不會一反常態放棄縮王府中，結果如他所料，他這五皇弟也是有脾氣，忍耐是有極限的。

原本李崇溫就不認為李崇禮會為了寧王妃是不是會被太后問罪就行動，但如果事情和他本人有關，說法就不同了。這次的事件說不定可以令他站到自己的陣線上，畢竟有共同的敵人就等於是同伴，不是嗎？

「你今天叫我出來，就是想說太后聽到王妃的流言嗎？」

不得不說，這個情報對李崇禮的確是有用，雖然孫明尚本人現在不知所蹤，但太后知道了少不了會把事情鬧大，萬一處罰孫明尚，恐怕事情會觸動在西南的孫將軍，雖然可以解釋是夫妻倆不和而導致王妃走歪了一點，但是當今皇上也會怪罪的。

「本來想藉此賣人情給你，不過偏偏你今天帶出來的丫頭幫了個大忙，就當扯平了。總之你回去也讓五弟妹有心理準備吧！聽說這次太后聽到風聲後，生了好大的氣。」

「多謝二皇兄了。」

二人說罷，李崇溫領著他手下的人離開了白山樓。從外面傳來的聲音判斷，李崇溫沒有給白山樓的掌櫃什麼好臉色看，只是礙於不知道發生了什麼事情，掌櫃也不敢過來問李崇禮詳情，他現在大概十分鬱悶吧？

十二
你想要皇位嗎？

「白山樓的那個肥掌櫃這次真的是無妄之災了。」

芙蓉踩著輕快的腳步湊到門邊把耳朵貼上去偷聽，一邊聽一邊點頭，活像偷聽到的是什麼大事。待她聽夠了，隨即揚手在房間下了一道隔絕法術，然後不知從哪裡摸出兩個黑玉瓶準備把另外兩碗茶收起。同時一個翠綠色的玉瓶也在她的袖口溜出，芙蓉隨手放在桌子上。

一見到這個小瓶子，潼兒全身寒毛都豎了。

見芙蓉想碰那些危險的茶水，見識過其強大的腐蝕力，李崇禮自然反應就想制止芙蓉的動作，但另一個更怕那毒水的潼兒比李崇禮更快的撲出，以他薄薄的身板把李崇禮攬住往後拖，然後還把人攔在身後一臉視死如歸的盯著芙蓉看。

那杯茶，令潼兒回想起不堪回首的經歷。

在仙界，大部分仙人平日都很閒、時間很多，一些比較空閒的仙人都會為自己漫長的仙人生活中尋找不同的興趣，有的喜歡四處尋找天地奇寶，有人喜歡找個隱閉的洞府修行，也有到天宮撈個公職忙碌一下的。

比起這些一出門就不知何年何月才回來或會過勞的選項，更多的仙人在閒時喜歡鑽研煉丹，而芙蓉這個沒有多少技術力的女仙也是這項目的忠實粉絲，她在仙界闖下的各種大禍有八成以上都和煉丹炸爐有關。

仙人們煉的丹，材料用的都是千百年份的天材地寶，這些靈氣迫人的東西在提煉時會有很大的能量釋出，煉丹者技巧差一點、能力低一些都會失敗。

煉丹失敗並不是什麼可怕的事，最嚴重的則是芙蓉這種奇葩一煉就炸，炸壞材料和丹爐就算了，她還經常連帶炸掉身處的建築物。

雖然芙蓉差不多每次都能引發大爆炸，但是偶爾也會有成功的時候，又或是煉出和原本丹方藥效完全不一樣的東西——這種詭異的失敗品，潼兒正好見識過！

明明丹方上寫的是凝香玉膏，聽名字已經猜得到這是女仙們很喜歡的護膚用品，潼兒自己雖然不懂煉丹，但是他看過丹方後也覺得這東西應該不算太難煉成，而且藥材全都是無毒、對人體十分滋養溫和的仙草，就算單獨使用也是很好的東西，可是一經芙蓉的手就完全變調了。

可怕的經歷到今日潼兒仍覺得記憶猶新，自從被東王公指派去芙蓉身邊處理日常雜事之後，他一直覺得自己生活在戰戰兢兢之中，芙蓉平日和仙童們打打鬧鬧倒沒什麼，最多就是扯他下水群毆罷了，但是一看到芙蓉要煉丹，整個東華臺的人可能連東王公也是，所有人都會一臉同情的看著他慢慢關上煉丹房的門。

那次是芙蓉來到東華臺後大概是第一百零幾次的試驗，潼兒記得那次和芙蓉待在煉丹房中沒日沒夜煉了三天，他就在旁邊打下手做足三天。這三天他每一刻都提心吊膽，不知道那個不斷發出「噹」、「轟」之類聲音的丹爐，會不會下一秒就爆炸。

不過值得慶幸的是，那是潼兒少數可以完好無缺離開煉丹房的一次。

當那個丹爐發出清脆的像是鐘響的聲音，芙蓉立即喜出望外的打開爐蓋，把幾經辛苦煉成的東西取出來。早已經躲在堅固柱子後面的潼兒只敢遠距離觀看，難得沒炸爐，他也想看看成功煉出來的凝香玉膏，但是東西取出來之後卻一點藥香都沒有。

接下來的一幕潼兒永遠都不會忘記，當芙蓉把那坨不知為何煉成綠色的東西小心的倒進一早準備好的玉瓶時，漏出瓶口的幾滴綠色液體直接把桌面腐蝕出幾個洞來。

看到這和原本效果南轅北轍的藥效，芙蓉也皺了皺眉嘟起嘴，但她還是把東西都收進瓶子了。

「原本這凝香玉膏是取一些放到澡盆泡水使用或直接塗在身上的，這東西現在泡水不知道有什麼效果呢？」

說罷，在潼兒來不及阻止之前，芙蓉把其中一滴變異的綠色液體滴進水盆，原本以為會把水汙染成綠色的可怕預想沒有發生，水還是一如之前般清澈，無色無味。

芙蓉也不笨，原本應該像珠玉般色澤的玉膏變成綠色她也心知不妙，所以沒笨到直接用自己的手去試，在煉丹用具中摸把玉尺放進水中攪動，才沒有幾秒，玉尺沾水的地方竟然變黑開始溶化！

潼兒記得那一刻自己尖叫了起來。那是煉丹時用的玉尺呀！能抵抗丹爐高溫的上好玉尺就這樣被溶掉了！

芙蓉也被這盆水的效果嚇了一跳，潼兒一直尖叫著躲得遠遠的，深怕芙蓉拉住他做真人實驗。看著那盆沒有異狀的水，芙蓉皺了好一會眉，然後燦爛一笑。

「意外的這也算是好東西呢！」

那個笑容很可怕，和現在芙蓉的笑一模一樣！

「芙蓉！那種危險的東西妳為什麼還留著！」

想不到那瓶恐怖的東西還在！潼兒驚恐的拖著李崇禮退了好幾步，要不是白山樓的貴賓室空間夠大，他已經撞到牆壁上了。

頓下手上的動作，芙蓉雙手扠腰不滿的瞪了潼兒兩眼，後者被瞪習慣了自然不痛不癢，一雙眼睜得大大的死命瞪著那個被芙蓉拿在手上的綠色玉瓶。

「這可是我難得煉出來的成品，怎麼可以就這樣扔了？而且現在不是發揮它的功用了嗎？」

「那也算是成品嗎？」潼兒的聲音差不多已經可說是尖叫了，他戒備著芙蓉的一舉一動，直到她把綠玉瓶收好。

「哎！潼兒你就不要這麼計較啦！現在有用就好不是嗎？要不是我身上有這東西，剛才也不知道找什麼藉口說茶水有毒了。」

「咦，茶水本來沒毒的？」潼兒不可置信的看著芙蓉，沒想到這一切都是無中生有？

「是沒有毒，喝下去也不會立即死，但以後會比死更難受哦！」芙蓉搖了搖裝了那兩碗茶水的黑瓶子。以芙蓉的角度來看，她那瓶媲美化屍水的失敗作品真的沾嘴了也會痛得人死去活來，絕不可能若無其事喝下肚的，只是不這樣嚇人，原裝茶水若喝了下去，會比吃了毒藥還難救。

「有什麼比妳煉出來的東西更可怕！」

「不是毒？那……」李崇禮輕輕拍了拍潼兒的肩膀，潼兒緊緊把他護在身後，令他心裡有點窩心的感覺，就算這行動出於潼兒對那瓶東西的恐懼也好，至少他沒有自己一個逃，還記得護住他。

潼兒下意識的轉頭看向朝他微笑的李崇禮，前者也比剛才稍微冷靜一點，而且李崇禮這微笑害他覺得自己剛才是在東王公面前歇斯底里似的，臉上一紅還真有點像個小丫頭。

「還是王爺聰明，潼兒你再這樣不長腦子遲早會被東王公嫌棄的。」芙蓉一副恨鐵不成鋼的表情看向潼兒。

她心裡真的對潼兒這態度有一丁點的不滿，她是常把他拖去煉丹然後一起炸個痛快沒錯，但這次她的機警應該得到讚賞吧！

「茶裡本身是什麼？」

「我猜是蠱之類的東西，上面有一點點的邪氣。」

「咦？」潼兒驚訝的叫了一聲，下意識抓向李崇禮的手臂又想往後拖，他和芙蓉是仙人有仙氣護身並不怕這些蟲子蠱毒，但是李崇禮絕對接近不得，誰知道會不會多吸口氣都會中蠱呀！

「潼兒沒感覺到不奇怪呀！就算是我也只是感覺到一點點不對勁，但寧可信其有，所以我先下手為強佯稱你們的茶有毒。」看向自己手上的黑玉瓶芙蓉也感到無奈，要不是她乃天地靈氣所生又對煉丹術有點研究，也不一定察覺得了茶水的異樣。

她只是沒有適當的控制力及相應技術力，不代表沒有相應的知識，仙界流傳的主要丹方都是用藥材即可，但她看過天尊的收藏，利用精怪或是毒蟲煉藥也不是什麼怪事。

「要是喝下了怎麼辦？」李崇禮緊皺著眉，蠱毒這般邪門的東西他自然有所聽聞，中蠱者被下蠱者操控，甚至是生死掌握在別人手裡，要是剛才他們其中一人中了這蠱毒，接下來在皇位爭奪戰中形勢恐怕就會大逆轉了。

「這東西和孫明尚之前埋在花園中的東西散發出來的邪氣有點相似。」芙蓉歪了歪頭，努力的回想那天的感覺。

「這麼危險的東西，芙蓉妳打算怎樣處理？」

「邪門的東西等會交給邪門的人物處理吧！塗山今天竟然給我叫來地府的麻煩人物，不給他下點絆子我會心理不平衡。」

「呃……好吧。」

芙蓉和潼兒兩人自顧自的不停在說，說了好一會，二人不約而同的看著沒說話的李崇禮，他就這樣站著看似聽著他們倆說廢話，從聽到茶水有蠱毒開始他只是問過一句喝了怎麼辦就沒聲音了。表情沒有波動，這令芙蓉懷疑李崇溫在場時他做出來的表情會不會都是特地裝出來的，卻又直覺他表現得越平靜，在平靜之下波濤才更大。要是李崇禮想反擊，那她幫不幫忙？涉及皇位之爭已經超出她原本的工作，但她的工作偏偏是保他平安渡劫。

那到底是什麼劫？很嚴重的劫嗎？而且那劫什麼時候來她都不知道耶！雖然看現狀，李崇禮的劫十成和皇子爭位有關，但是這不代表她要幫他去做什麼事。

雖然不知道出於什麼原因，但塗山大概會一直在李崇禮身邊保護或是插手，論仙術、經驗她都沒塗山厲害，勉強能擺上桌面的就是自己在仙界的人脈，可是現在似乎被人斷了一半後路，少了這些幫手她真正能幫上忙的地方並不多。

得出這個結論，芙蓉實在覺得鬱悶呀！什麼都比不上塗山就算了，裝起丫鬟她也不及潼兒像樣，她到底是下凡來幹什麼的！有沒有這麼打擊人啊？

「先回府去吧！太后那邊的事也得回去好好準備應對。」見二人看著自己，李崇禮收起思緒微微一笑。他想動手，想反擊，不想這麼被動的讓人欺負到頭上去，但時機未到，他也不像李崇溫那樣已經把所有人的底都摸得這麼清楚。

解開了隔離的法術，潼兒準備去開門的時候——

「李崇禮，皇位你真的不想要？」

明知道他沒有帝王之相，也不是帝王之命，但芙蓉還是忍不住的開口問了。

※　　※　　※

入夜，寧王府燈火通明，但是正苑的氣氛卻顯得有點壓抑，原因無他，全因為王府的主子從回來開始身上一直散發著風雨欲來的氣勢。

雖說正苑一向閒人免進，但是下人們有的是八卦的才能，只要有一隻蒼蠅從正苑飛出來，他們也可以把裡面的情況猜個大概。

歐陽子穆今天和其他僕人一樣，對李崇禮身上到底發生了什麼事都是一頭霧水。從白山樓出來後，李崇禮沒有說過一句話只是交代回府，連隨侍的芙蓉和潼兒也是一言不發，他們三個不說，難道叫他要去找二王爺問嗎？

「潼兒！」

守在正苑差不多大半時辰，當看到一抹嬌小身影小心翼翼的從李崇禮的書房退出來後，歐陽子穆立即走上前，見小丫頭朝自己福了福身他又有一點猶豫，一下子不知道說什麼開場白才好。

「王爺還好嗎？」想了一下，歐陽子穆小心的問，雖然他心裡沒有要從第三者口中打聽李崇禮的事，但現在這情況他卻有點擔心。

他和李崇禮認識太久，所以很清楚平日喜怒不形於色的李崇禮的表情變化，現在他臉上隱約能看到一絲怒容，恐怕發生的事情並不簡單。只是當事人不主動說，歐陽子穆也不好主動問。

「王爺還好，潼兒也想去廚房傳膳了，即使王爺說不想吃。」歐陽子穆會出現潼兒一點也不驚訝，這位王爺的左右手要是不聞不問才奇怪。

說到現在王府的氣氛，潼兒也暗暗在心裡嘆了口氣，芙蓉那個問題出口之後好像有什麼變了質似的，這奇怪的感覺令潼兒渾身不自在，但偏偏他也說不出為什麼有這樣的感覺。

「嗯。」聽到李崇禮可能只是心情不好，歐陽子穆沒有再問下去，微微頷首轉身就想離開，這下倒是潼兒生出好奇心跟了上去，迎來歐陽子穆疑惑的眼神。

「歐陽大人，可以向你打聽一下嗎？」

「什麼事？」面對潼兒這個小丫頭，歐陽子穆難以維持一張黑臉，連他都沒有注意到自己不自覺的放輕了聲線。

「王爺……還是算了，不是潼兒應該問的。」開了口，潼兒立即又猶豫了，芙蓉的問題李崇禮已經斬釘截鐵的說了不要……一般遇到這種情況，再笨的人也知道要好好把握這個千載難逢的好機會，說不定真的有仙人相助繼承大統呀！

但是李崇禮仍是淡淡的，像完全和自己無關一般說了聲「不」，這一聲拒絕聽得連芙蓉都呆掉了。不過呆了兩秒，芙蓉就很同意的走到李崇禮的身邊，無視男女授受不親，大方拍著對方的肩膀，說了句連李崇禮都只能無奈苦笑的話。

「不要緊啦！你這性子當皇帝也是會鬱悶死，不如試試修行成仙如何？」

一想到這句話潼兒忍不住嘴角抽搐，修仙要比爭個皇位來得更難吧！

潼兒心裡在想什麼歐陽子穆自然不知，他和這個小丫頭打照面的次數兩隻手也能數得完，自然也不清楚潼兒的性子喜好，但是潼兒來了王府之後的表現他也是看在眼裡的，這乖巧的丫頭他也不會吝嗇提點。

「王爺的事，王爺不說就不要問，知道嗎？」

潼兒聞言，一臉聽話的點了點頭，不過心思卻自動的轉了轉，歐陽子穆這樣說是不是等於默認李崇禮過去是有什麼事？而且問了李崇禮一定不會高興，所以要他別八卦多問。

「那潼兒先告退了。」既然話題結束，潼兒也不再耽擱本來應該做的事，但是腳才動他就臉色大變的頓住，還有想縮回逃走的打算。

潼兒的舉動讓歐陽子穆感到納悶，隨著前者視線看過去，他有點明瞭了。

人還未到，一陣香風已經飄來，一抹華美麗影在長廊掠過，歐陽子穆只覺得自己看到一團頭頂金飾的彩色身影閃過，沒幾秒王妃打扮的塗山已經在他身前幾步的位置了。

這一刻歐陽子穆見王妃氣勢洶洶，以為她又故態復萌要去踹王爺的門板了。

「潼兒！」

潼兒身形一震，有點不情願的轉身看向朝他笑得異常燦爛的塗山，也不知道他同樣是剛從外面回來還是一直待在王府等他們，不過他現在這張王妃皮相笑得令人心裡要發毛了。

「見過王妃。」歐陽子穆退開了兩步行禮，眼神有點擔心的看向潼兒，看王妃的氣勢似乎針對的不是王爺而是潼兒呀！

「子穆，我有事找潼兒，你能幫忙讓人傳膳嗎？」塗山呵呵笑了笑，幻化的纖指緊緊的抓著潼兒的肩膀，活像一等歐陽子穆轉身他就會抓著潼兒拖去後巷一樣。

「是的。」雖然有點擔心，但歐陽子穆也不得不領命下去，視線和潼兒有所接觸，後者笑得雖然有點勉強但眼神並沒有慌張，子穆心想真有事王妃最多是責備一下，應該不會出腳踢人吧？

或許等會吩咐下人準備晚膳後他再來看看情況好了。

看到歐陽子穆離去，塗山也不急著抓潼兒去找芙蓉問詳情，下午他找了地府的人來，那丫頭一定還在生氣，現在她一定不會合作，再說去找她之前他還有其他事情要確定。

「潼兒呀！你乖乖告訴我剛才你們出門時發生了什麼事？」兩手把潼兒扳過來讓他面向自己，剛才面對歐陽子穆的笑臉早就收了起來，難得從這隻千年狐妖臉上看得出一點凝重。

潼兒不明白塗山為何擺出這樣的表情，隨著說完白山樓的事，塗山的臉色越來越凝重了。

「到底怎麼了？是地府的那位說了什麼不好的事嗎？」

「從秦廣王口中的確是知道了些麻煩事，不過你們這邊也好不了多少，竟然連蠱術都跑出來了？」塗山不置可否的笑了一下，把潼兒放開之後他舉步向正苑內部走去。

「你剛才變了臉色才不是因為蠱術，這些小東西對你來說根本不算什麼。」

雖然心裡對這位千年狐仙是有一點抗拒，也沒辦法完全放下戒心，但經過這陣子的接觸，潼兒也摸索得到塗山的行事作風，以一位在凡間修行的妖精來說，塗山的確是品行良好的了，除了狐狸天生的個性難以更改之外，基本也很難挑出他有什麼人格缺失。

起碼他不吃人，身上沒有血腥味。

「小仙童眼睛什麼時候變得這麼利了？」塗山瞇了瞇眼，似乎覺得這小仙童有這表情是令人意外的事。

「我跟在東王公身邊不是白混日子的，凡間多凶險，東王公也有提醒過我要多小心的。」

「東王公還真是有先見之明呀！不過小潼兒，我想你再小心，你或芙蓉那丫頭一定沒有注意到星軌改變了。」

「欸？星……星軌？你說星軌改了？」潼兒大驚失色的叫了出來，隨即又怕人聽到的壓下聲音：「你說的不是真的吧？怎麼會呀？」

「我沒必要騙你吧？」

「那是誰做了什麼令星軌變了？」

潼兒感到心驚，同樣塗山也一樣感到驚訝。要是改變的星軌和他們沒有關係他也不會上心，但偏偏出問題的是帝星！

帝星一改，整個皇家就等於是牽連進去了。皇家都扯進去了，李崇禮走得掉嗎？

「你問我，我問誰去？」塗山翻了翻白眼，手按到潼兒頭上把他頭上難得梳整齊的丫髻弄得半散。「走，去找芙蓉。」

「星軌變了找芙蓉也沒用啊！」委屈的看著已經散掉的頭髮，潼兒欲哭無淚的跟在塗山身後，在長廊繞了兩個彎，看到仍然緊閉的書房門，看來李崇禮還沒有出來的打算。

他們三個的大本營也一樣點著燈，一道少女的剪影投射到門窗上，不過房間內的光線好像強得

有點過頭。

門被塗山打開，裡面正在點燭臺的人動作一僵，她慢動作的轉過頭來，然後像見鬼一樣的把手上的燭臺當作護身武器般指著站在門前的塗山，活像對方是什麼幽魂鬼怪似的。

潼兒一看到房內熟悉的陣仗不禁大嘆一口氣，從白山樓回來之後明明芙蓉還好好的把玩那兩個黑玉瓶的，怎麼轉個頭她又在房間擺蠟燭陣了？

「沒人告訴妳狐仙不怕蠟燭的嗎？」看到室內過分刺眼的燭光，第一次看到這陣仗的塗山難得面不改容，隨著他每走進房間一步芙蓉就退一步，活像塗山是披著美女外皮的吃人妖怪一樣。

「你你你！你有沒有帶什麼下面來的人回來！」

「沒有。秦廣王哪有這麼空閒特地過來找妳麻煩？」塗山聽到芙蓉的話不由得噗一聲笑了出來，但他很快就收起笑意裝出認真的表情來。

在芙蓉瞪眼怒視之下，塗山走到躺椅處坐下，彈了彈手指把刺眼的蠟燭順手弄熄了。

「芙蓉妳怎麼又擺陣了？」潼兒也開始動手拆陣了。

「入夜後我總覺得有一絲地府的氣息在附近，而且不是黑白無常兄弟這種小咖。」

「妳把勾魂使者說成是小咖，不怕得罪人嗎？而且是妳太敏感了吧？」塗山覺得自己快要被這個女仙笑死，不提她擺蠟燭陣已經夠搞笑了，她好像沒想過在街上遇到會打招呼的黑白無常等勾魂使者也是地府的人嗎？

就算再熟，把人說成是小咖也太過分了，職位再小他們也是盡責工作的地府官員呀！

「不是敏感呀……別的不說，以天地靈氣所生的體質我敢說對不同的氣息是最敏感的，我說有地府的人在附近就一定是有的……」

「但是秦廣王已經回去了，因為出了大事。」

「什麼大事？對了，這蠱毒塗山你看看，我想你應該對這些也很有研究。」

「為什麼我要對這些有研究？」

「感覺這些邪門的東西和狐媚之術也差不多。」芙蓉嘟囔著說。

但無奈塗山的聽覺非常好，就算芙蓉聲音很小他也是聽得清清楚楚。

之前說他和黃鼠狼是同類已經觸動他的神經了，現在又把這些該死卑鄙的蠱術賴到他身上！他修煉了千年術法自有大成，但不代表就沒有脾氣呀！

「妳真的想我現在一巴掌拍扁妳嗎？女、仙、芙、蓉！」

塗山身邊的空氣泛起一道道透明的漣漪，散落的髮絲和衣裙無風飄起，配上他額角冒青筋的笑臉，芙蓉也不得不扔了手上的燭臺逃跑了。

「你有時間打我不如想想遲點太后找你進宮時怎麼應付吧！搞不好不只你要被人刮掉一層皮，連李崇禮都會被你連累！就說你別一下子裝得這麼賢慧嘛！」芙蓉跑到潼兒身後，很不客氣的把潼兒當作擋箭牌。

「太后？那個老太婆想怎樣？」挑了挑眉，待在皇宮多年的塗山對太后和後宮那些娘娘有著很深的認識，能在後宮生存下來得寵歷久不衰的自然都是一群有心計手段的女人，弱勢一點的就會像李崇禮母妃那樣即使生了兒子也一樣被人打壓排擠。

至於太后這號人物塗山當然見過，這個在後宮有極高地位的女人塗山並沒多少好感，只是從前她沒對李崇禮的母妃做什麼出格的事，因此他沒在意過。

「那個……把一國太后說成老太婆好像不是太好吧？」潼兒掙扎無果，只好祈求塗山不要把他一起拍了。

「嘖！要是他兒子沒當上皇帝，她哪能當太后？她要是耍什麼小手段，我立即讓她多個謚號。」塗手雙手握成拳又鬆開，手指發出足以恫嚇人的咯咯聲。

隨著他手指舞動，一點點白玉色火焰閃過，見識過這白玉火焰威力的芙蓉立即把潼兒往後拖，不過把人家當擋箭牌的手仍是沒放開。

「放下屠刀立地成佛呀！殺人罪孽深重，施主三思呀！」

「別廢話了，把你們聽到有關宮中的消息都告訴我。」收起了指尖上的狐火，塗山起身踩著婀娜多姿的蓮步上前，大有不把所知的都招出來就要他們兩個好看。

「我們也不是知道很多，那個李崇溫沒有說太多呀！」

「就知道你們兩個辦事不力，還好我有後著。」

塗山對情報之少一點也不意外，從他知道芙蓉是菜鳥而潼兒更是菜鳥之最的一刻起，他已經不把這兩人視作戰力之一了，反正這兩人沒來他也會助李崇禮一臂之力，所以早就已經準備了一些必要的手段。

李崇禮母妃娘家沒人在朝中、沒足夠的眼線，但這不代表塗山沒有，他怎可能不把自己的眼線安放在宮中？就算他留在宮中的小使役起不到收集情報的作用，隨便抓個大臣他也可以不著痕跡的讓他們吐出不少的情報。

情報一事塗山可以解決，那接下來就是和李崇禮好好的溝通一下了。

時間也差不多，之前被塗山打發去傳膳的歐陽子穆已經把事情辦妥了。塗山不得不先過去，頂著一個冒牌王妃的身分他不能老窩在這個小房間，而芙蓉也被潼兒拖著跟上去。

來到正苑花廳，在歐陽子穆的視線之下三人也不敢造次，乖乖的把自己的身分演好，但等了好一會還是沒有看到李崇禮出來。

歐陽子穆微微皺了皺眉，猶豫了一下後想向王妃告退，但卻被王妃阻止。

「王爺由我來叫吧！」塗山笑著從主位之側站起，也不要芙蓉和潼兒跟著，一個人出了花廳走到李崇禮的書房。

星軌變了，他必須自己親耳聽到李崇禮的決定。

緩步走到書房門前，塗山伸手把門輕輕的推開，書房內的燭臺點著的蠟燭已經燒了大半，而正對大門的書案卻沒有見到李崇禮的人影。

案上放著一本翻開了的書，看向書房內堂卻見書房的主人在躺椅上睡著了。

塗山不感意外的無聲走到躺椅旁邊坐下，沒有出聲把人叫醒只是靜靜的看著他。

不過這次他把一身的偽裝都褪了下去，露出他本來的面目。

「有多少年沒有這樣看你睡覺了？」即使回復原貌仍是一張妖豔臉龐的塗山垂著眼看著李崇

禮。「從你成年出宮之後吧？」

和東王公有七分相像的臉，在人世間自然不可能用平凡來形容，李崇禮的外表在皇子之中也是排在首位，這臉皮當然不是遺傳自仙界的那位，李崇禮的母妃是位美人，兒子的俊秀大部分都是遺傳自母親。

「為什麼越大就越長得像東王公呢？」

人睡著了少了點個人化的表情，塗山越是盯著李崇禮的臉看，眉頭就皺得越緊。雖然塗山沒有主動打擾別人睡覺的打算，不過他的碎碎唸卻把本就沒睡得很沉的人吵醒。

張開眼看到塗山的原本樣貌，李崇禮意外的睜大了眼，但接著又像是意識到自己還在王府書房後立即回復原本無波的眼神。

從躺椅支起身子，李崇禮扶了扶額頭隱約覺得有一點頭痛的感覺，他的眉頭才剛皺起，一隻比他更細更白的手已經伸了過來貼在他的頭上。

看到塗山竟然會伸手按著他的額頭，李崇禮嚇了一跳，他到現在都沒弄清楚塗山到底是和自己有什麼淵源而一直在幫自己，這陣子對方假裝成自己的王妃，也只是待在正苑裡並沒有主動和他聊過其他太多的話題，更別說他們會有這樣近的接觸。

對方等同是陌生人而且是男人，李崇禮對額上那隻帶著熱度的手感到十分彆扭，但偏偏這隻手現在卻讓他的頭痛得到舒緩。

「有好點了沒？」

「沒事。」

「身子又不是強壯過人，即使是夏天，和衣而睡也得小心著涼。」收回手，塗山順手的撥了撥長髮，見李崇禮目不轉睛的看著他，不禁勾起一抹勾人心魂的微笑。「我想，用這個樣子你會寬心一點。」

說罷，塗山重新幻化回孫明尚的模樣起身倒了杯茶給李崇禮，茶水雖涼，但只用來潤喉倒沒什麼關係。

「謝謝。」接過茶杯，李崇禮還在想剛才塗山摸他額頭時的感覺很熟悉，但想要回想又覺得有點模糊。

「不客氣。」

兩個不熟的人待在同一個空間又沒有話題，氣氛很自然的陷入詭異的沉默中，塗山的臉皮千年修煉下來厚得不可思議，即使李崇禮不理他，他也可以笑得眼彎彎的待在旁邊，所以這次也是李崇禮先耐不住。

站起身把茶杯放回桌子，理了理衣衫後，李崇禮也找到了話題：「是不是已經備膳了？」

記得潼兒在他閉眼休息之前好像說過要去傳膳，想必塗山會來也是因為時辰到了但他沒過去用膳吧？

「是呀！不過聽說你好像不想吃，既然不是很餓，那就先陪我聊一聊吧！」塗山還是坐在原位，手指撓過一縷長髮把玩顯得有點不太正經。

李崇禮原本已經轉向外走的身形一頓，疑惑的轉頭看向塗山。兩人眼神一接觸，塗山就停止手上的動作一臉認真的走到李崇禮面前，手一揚又再次換回他的真面目。

「芙蓉問過你想不想要皇位，為什麼說不要？」塗山一開口就是斬釘截鐵，把李崇禮當時的回答視作違反自己真正想法的立場。

塗山在宮裡看著他長大，這青年心裡到底在想什麼他不敢說全部瞭若指掌，但以外人來說，他知的已經足夠多。

因為母妃出身低不夠高貴而從小被兄弟姐妹歧視取笑的孩子，心裡難道沒有想過當上皇帝嗎？

生在皇家的男孩子，要是沒想過登上九五至尊之位才奇怪。

但是塗山知道小時候的李崇禮還不懂隱忍時，是誰要他別去爭那個既尊榮又危險的位置。李崇禮是皇子，天賦也不弱，但他不能當皇帝。

若他們母子表現出對皇位有興趣，傳了出去的確可能吸引到一些大臣支持，但同時也等於公開的對抗當時的太子。這樣的話，李崇禮和他的母妃恐怕也活不到現在了。

「你真心不想當皇帝嗎？」又問了一次，塗山看李崇禮的眼神越發凌厲。

在他的逼視下，李崇禮嘆了口氣。「過去或許有想過，要是我在那個位置的話似乎可以改變什麼。但現在回頭一想，那個位置對我來說恐怕只會引來更多的麻煩。說到野心，我只是想母妃不用再受委屈，但我知道自己不會是個好皇帝。」

「做皇帝不一定要好的。」

「但我不想。」李崇禮微微的搖了搖頭，表情好像在說什麼不相干的事，一天之內被兩個不同的人問他想不想當皇帝，這樣的經驗恐怕是世間罕有了。

從白山樓回來之後，他也回心一想為什麼芙蓉會這樣問。他的心底也猶豫過自己的回答是否是一時衝動，自己心裡是不是還有一點點希望成為皇帝的？

但冷靜下來之後，他卻再一次確認自己不想。自己成為皇帝的畫面他完全想像不到。

要登上那個位置說不定要賠上他的母妃、兄弟、朋友。所謂一將功成萬骨枯，更何況皇子爭位，搞不好內戰的話死的人不但多而且動搖國之根本，宮中那些大人物眼中死人再多也只是個數字，但是那些犧牲者每一個都是他們的臣民。

李崇禮自問自己沒有辦法背負這些人命，也沒辦法踩著這些犧牲爬上去。

「如果你說一聲想，我可是會想盡辦法幫你的哦。」塗山瞇了瞇眼，嘴角勾起一個魅惑的笑容。

李崇禮定睛看著塗山，接著同樣勾起一抹微笑。「為什麼你這麼想我開口說想要皇位？」

塗山一雙眼閃過一抹意外，沒想到他動用了一點點的勾魂之術都沒讓對方點頭。女色和權力難道都無法打動眼前這個年輕人嗎？

在這青年成年離開皇宮之後，到底是什麼事改變了他？對朝野之事抱著避之則吉的態度，連他父王特地找給他的有後臺的王妃，他也沒有興趣；雖說孫明尚這丫頭的確不是會令男人憐愛的類型，但李崇禮的身邊太乾淨了。

「這不是一個很好的機會嗎？」

李崇禮依舊搖搖頭。「塗山，那我問你，為什麼你這麼想助我？」

「因為你是故人之後。」塗山臉色黯了一下，咬了咬牙才說了這一句。「放心，是我人類的故友。」

意外的答案也讓李崇禮愣了一下，他可沒聽過他父王或母妃有認識這樣一名狐仙，到底是哪一位祖宗和這狐仙有交情，恐怕問對方也問不出來。

「你能助我平安度過爭位的風波就夠了，其他的我不多想。」

塗山沒有說話，不過心裡卻是暗中鬆了口氣，雖然他承認自己的試探手段有點過分，但聽到李崇禮肯定的答案他的確是安心了。

「晚膳要涼了。『王妃』。」覺得沒必要再談下去，李崇禮率先出了書房。

「是的。王爺。」

一陣香風吹起，王妃孫明尚的身影再次出現在李崇禮身後，兩人一前一後的走出書房，在到達花廳之前李崇禮緩緩的問了一句。

「真正的孫明尚到底怎麼了？」

十三
後宮裡，后見后！

事情還真的沒辦法拖下去，想不到芙蓉都還沒問他結果，李崇禮倒是先問起了。說不定李崇禮和孫明尚這對夫妻雖然心口不和，但所謂一夜夫妻百夜恩，再不喜歡也是自己的妻子，李崇禮對她並沒有什麼不能化解的大仇。

這一點塗山是猜對了。李崇禮是不太喜歡這妻子，但他也不想她落得一個不好的下場。她在花園埋下咒術一事恐怕這輩子都會是他心上的一個疙瘩，但這也罪不致死。

「這問題王爺沒問芙蓉嗎？」塗山沒有正面回答反而把皮球扔到不在場的芙蓉身上，芙蓉是不知道答案，但是塗山卻有點好奇為什麼他和芙蓉兩人出去，李崇禮只問他一個人。

「芙蓉心思沒有你藏得密實，要是她知道結果，不論好壞都會從表情看得出來。而且潼兒跟我說了，芙蓉被你請來的客人嚇跑回來。」李崇禮看了塗山一眼，就算潼兒沒有告訴他，芙蓉的心事的確不難猜。

孫明尚不論生死，只要芙蓉知道最新的消息，相信芙蓉一定守不了祕密，這一點李崇禮沒來由的對自己的猜測十分有自信。

「唉，那女仙就只有這傻點了，她和潼兒一樣沒機心，仙人中也是少見。」心裡還有幾句沒說，除了機心不夠，還有點呆，但幸好沒有女仙們大都有的高傲。

「這是令人羨慕的優點。」在宮廷中看慣了爾虞我詐，李崇禮十分同意塗山的話，連他也會擔心要是芙蓉和潼兒外出去闖天下會被人出賣、利用多少次？

來到花廳前，李崇禮第一眼就看到迎上來的歐陽子穆，面對對方擔心的神情，他輕輕的拍了拍後者的臂膀微微一笑，待後者真的鬆了口氣後讓他回去休息，花廳也只剩下了四人。

「孫明尚沒了。」到這時候塗山才把孫明尚的下落說了出來。

李崇禮嘆了口氣，果然不出他所料，那任性的女人跑出王府不知所蹤原來是連命都扔了。

芙蓉也沉了臉色，這次是她下凡到現在接觸到的人中第一個身死的，而且感覺是被人害的，死得不明不白。

「人是沒了，生死簿上也有記錄，但是地府說沒收到魂。」

聽到這句話，潼兒和芙蓉愣了一下，沒收到魂？地府怎麼可能沒收到魂？

「這是什麼情況，王爺能想到個大概嗎？」

「我只是個凡人，地府之事我又怎知道？」李崇禮又嘆了口氣，人死了但現在連屍身都不知道在哪，也不能公開為她辦喪儀，雖然他明白要是把孫明尚的死公諸於世，對他現在的情況是不妥的，但讓塗山一直假扮下去也不是辦法。

「放心吧！地府不會任由一縷幽魂隨處晃盪。」

孫明尚現在的情況塗山也是好不容易才讓秦廣王吐出來，期間他又是哄又是利誘又是罵，秦廣王卻只是冷著一張臉不理他，要不是他知道秦廣王其實心腸滿軟的，他也沒辦法逼他把話吐出來。

但是秦廣王帶來的不是好消息。人死了卻沒有被勾魂使者勾下地府，孫明尚本身不是修道之人，自然不可能是得道成仙去了，但她亦沒有化為厲鬼來找李崇禮尋仇。要是她什麼地方都沒去，勾魂使者不可能找不到她，所以地府那邊認為有人把她藏了起來。

而且按秦廣王透露的小道消息，孫明尚的魂魄被人抓了的可能性十分的大，地府現在也派了眾多人手去找；另外，地府對孫明尚一事牽扯出其他的事件也感到相當頭疼。

聽說東嶽帝君對這次皇子爭位的事間接導致地府運作出了問題感到十分不滿，所以下令地府的人不准插手，事情不能亂上加亂。

聽了這個事實，芙蓉就板著一張臉開始寫信了，現在連地府都對皇子爭位一事有微言，她還會認為自己這次的任務是很簡單的入門級嗎？根本已經是有鐵證證明她被九天玄女陰了！而且是狠狠的陰了！

晚飯草草的解決掉了，李崇禮本來就沒什麼胃口，聽到孫明尚的事後更加吃不下，說了句去休息後李崇禮就回房間了。王府中三名食客沒有回去睡覺做乖寶寶，三個人聚在房間圍坐在圓桌旁。

潼兒作為年資最淺的一員只是乖乖閉著嘴在磨墨，然後比他資深一點的芙蓉拿著一疊紙振筆書寫，一邊寫還喃喃自語的說要是這次收信人仍不理她的話，等她回仙界就要逐家逐戶去拜訪，到時候追討精神賠償的就換她了。

「事情真的好像很複雜。」潼兒看向埋頭寫信的芙蓉，看她不寫完恐嚇信給所有仙人她是不會停手了。無奈下潼兒只好把塗山當成是談話對象，不然房間內壓抑的氣氛會讓他受不了的。

不久前在餐桌上，李崇禮把他的打算告訴他們三人了，太后宣他們進宮只是時間問題，但恐怕也會是這兩、三天了。

「事情根本就不簡單，只是我們沒發現而已。」

「是這樣嗎？但到底是什麼導致星軌改變了？」潼兒一臉擔心。他對觀星只知道一點皮毛，從地面看上去滿天都是星星，潼兒根本分不出星軌有什麼變了，但看不出來他還是知道其嚴重性。

他真的想問塗山，到底星軌變了會換誰當皇帝？但是天機不可洩漏，要是塗山說出來了恐怕第一時間天雷就會劈下來，說不定劈不死塗山，反而劈死他們這些待在旁邊的。

「別理那星軌了，我們只管處理好太后的召喚就成！」大筆一揮，芙蓉把最後一筆寫好之後，將一大疊大概有二十幾封的信一把火燒了。「我就不信這次沒人幫我！」

※　※　※

不出所料，在白山樓會面之後的第三天，一道懿旨來到寧王府宣寧王及王妃進宮。

雖然相關的人已經做好了心理準備，但是聽到懿旨的內容，王府也是陷入一片無形的緊張中。

李崇禮和塗山換過一身入宮的打扮，趁著這空檔，芙蓉抓了潼兒耳提面命等會他們出去後的注意事項。

「潼兒就不要跟著進宮了，那裡人多混雜，要是遇到上次散發穢氣的妖物，潼兒會很危險。」

「我知道，我這種手無縛妖之力的仙童是妖怪眼中大好的補品嘛！」

「對！王府只讓門神來看著也有點擔心，他們兩個太忙了，找個什麼人來幫幫忙好呢？」

「不用了吧？」

「有個照應好一點。」不理潼兒的反對，芙蓉又在懷裡摸出一疊紙奮力的寫，其實她私心的想試試經過前幾天的恐嚇之後，仙界會不會還是不理她？

不過她也不敢拿潼兒的安全冒險，女仙們怎說都是聽九天玄女的，她可不會買芙蓉的帳，所以還是不要叫女仙好了。

「隨便妳啦！不過妳幹什麼要我幫妳在花園翻土，妳要種什麼？」

「沒什麼呀！很久沒碰煉丹爐了，打算種些簡單的東西玩玩。」

說罷，芙蓉又在虛空中抓了抓，一大包既有種子又有現成植株的袋子就被抓在她手裡。

看到這東西出現，潼兒腦袋的運作就像停止了一樣，只是下意識的接過袋子。但當他看清袋子裡面是什麼後，他知道自己為什麼會失神了一下下，因為他聽到了一個非常可怕的詞語——

煉丹！芙蓉在仙界炸爐炸不夠，現在打算荼毒凡界了！

還有，這個袋子中的一些植物雖然是凡界也有的，但那些種子上纏繞的仙氣是怎麼回事？在種下去之前還要用仙氣養過嗎？這個煉丹計畫，芙蓉到底是什麼時候開始準備的？

飽受芙蓉蹩腳煉丹術摧殘的潼兒尖叫後有一種想哭的衝動，為什麼芙蓉有工作在身，也不忘要玩這麼危險的玩意呀！

潼兒的反抗和悲慟的吶喊芙蓉已經習慣了，很不客氣的把袋子再往潼兒懷裡推，她拍拍裙子拔腿就跑了。

「好啦！這裡的事交給你了，幫手我已經叫人請來，潼兒好好翻土，時辰到我要出門了！」

看著芙蓉邊揮手邊興高采烈離開的背影，潼兒覺得他接下來的人生大概仍是一片灰暗。

「東王公大人！為什麼……為什麼！」

可惜，隔了不知幾重天，東王公目前沒辦法聽到潼兒的悲鳴。

「好淒厲呀！芙蓉妳到底做了什麼？」

芙蓉趕到大廳就看到已經換裝完畢的塗山。塗山看到一臉風騷的芙蓉不由得失笑，就知道潼兒的慘叫絕對是因為她，還好潼兒的慟哭是因為塗山聽力過人才聽得到，不然王府又得陷入是不是有人撞邪的恐慌中了。

「沒什麼呀！只是請他幫忙一些園藝工作罷了。」聽見塗山一來就把帽子扣到自己頭上，雖然事實也是如此，但芙蓉就是覺得不爽呀！

「妳這樣欺負潼兒，小心惹怒東王公，之後等妳回去仙界就有妳受了。」哼哼兩聲，塗山開始危言聳聽。

「不會啦！我住在東華臺時東王公派潼兒給我，那時就說了任我差遣的。而且這麼久了他一次都沒有說過我什麼。」趁還沒有其他人過來，芙蓉扠起腰只差沒有伸手指著塗山的鼻子。有過一次差點被咬的經驗，芙蓉可不敢再把手指湊近塗山嘴巴的攻擊範圍。

「潼兒真可憐呢！不過妳沒想過為什麼東王公也同意扔妳下來嗎？」

說到這，芙蓉找不到反駁的句子。說不定東王公真的把帳算進去了。

「哼！你少管我，你今天記得好好表現就好。」

「放心，我會把事情處理得妥妥貼貼的。」塗山眨眨上了妝的大眼睛，完全沒有入宮後面對一群陰毒女人的緊張，甚至隱隱令人覺得他在期待著等會的針鋒相對，還想事情越糟糕越好。

兩人的對話到此告一段落，等李崇禮也出來之後，寧王府一行人就浩浩蕩蕩的進宮。

※　※　※

穿過一道道的宮牆，芙蓉是以貼身侍女的身分混在塗山身邊，這次是太后召見，歐陽子穆不能進入太后宮殿只能在外邊待著，而平時李崇禮進宮也不喜帶人，所以會去面見太后的就只有三人。

李崇禮是皇子，走在宮中是別人行禮的對象，一個又一個的宮女和太監在行禮之餘，目光也有一絲好奇和八卦。

平日很少來宮中走動的李崇禮今天出現是什麼原因，早就已經在宮中傳得沸沸揚揚了。

寧王妃有時候也在宮中走動，她的個性深入民心，所以宮中不少人見了現在的她，真的覺得傳言可信，但是私心的說，他們卻不認為事情像主子們說的可怕。

一個人改掉了驕蠻任性的缺點，其實應該是好事吧？

滿是疑惑、詢問的視線沒有一刻消停的扎在身上，走在前方的李崇禮和塗山沒知覺般的一臉平靜，反倒是芙蓉越走越覺得渾身不自在，連呼吸都變得困難了。這種滿是壓抑的氣息就像是把宮中長年累月存下的怨氣激發一樣，四周瀰漫著比上次更嚴重的穢氣，這惡化的速度好像快了一點。

看向宮中的深處，雖然芙蓉搞不清宮殿的名字，但是她感覺得到那邊有熟識的氣息，應該就是李崇禮母妃的宮殿，看來鍾馗下的結界仍運作得很好。

芙蓉正想開口悄悄的和塗山說話，不料前方卻有一群排場很大的人剛好要一起轉到同一條路上，和那群人為首的女人打過照面後芙蓉立即打起冷顫，塗山的嘴角也隱約的勾起一抹冷笑。

「好久不見了，五殿下。之前進宮也不來本宮這邊走走呀？」為首的女人一身華貴宮裝，頭上梳著高高的髮髻同時也配上不少的金釵珠飾，已經有點歲月痕跡的臉上畫了個不算淡的妝，這女人走出來一看就知道不是溫柔婉約的類型，而是擁有極高攻擊性的女人。

雖然她在笑，但那雙眼卻像蛇類盯著獵物一樣無情。

「崇禮見過淑妃娘娘，崇禮身體一向不好，免得觸了娘娘霉氣。」面對這個九成來者不善的女人，李崇禮見怪不怪的給了個禮貌性的回應，他例行般的回應對方也像習慣了一樣。

「這次太后召五殿下進宮好像是有什麼大事呢！五殿下可要小心應對了。」

「謝娘娘關心。」李崇禮還是同個表情。

這次淑妃真的挑了挑眉角，團扇搖了搖，遮了在嘴邊彎下的嘴角。

「就怕五殿下等會見了太后也難以保持一貫的冷靜呀！」女人惡毒的眼神掃過李崇禮身邊的塗山，後者微微屈膝微笑，禮儀和態度無懈可擊，連淑妃想雞蛋裡挑骨頭也無從入手。

「娘娘過慮了。」

「五殿下的王妃感覺也真和以前不同了呢！現在看上去更顯恬靜，王妃該有的氣質也都出來了，連本宮看了都要羨慕了。」

搖著團扇，淑妃走到塗山的身邊打量著，相貌是沒有轉變但是氣質真的很不同，宮裡傳言說寧王的王妃像撞邪變了個人，這次太后召寧王夫婦進宮自然也少不了她在背後推波助瀾，能有機會扳倒一位皇子她絕對是樂意的，但是現在見了寧王妃，她心裡卻是泛起一陣不妙的感覺。

淑妃當然見過以前的孫明尚，不得不說過去孫明尚進宮來她們這些妃子的宮殿問安比去她真正的婆婆那邊還要勤，記憶中這個丫頭樣子是美但是傲性過高，性子也是驕蠻，看到一些地位低的宮嬪也敢擺面色，這樣不討喜的丫頭現在卻是這副賢良淑德的樣子怎能不讓淑妃傻眼！

若她不是朝好的方向改變，而是比之前變本加厲那該有多好，等到了太后跟前，自然就沒有人會站在寧王紀這邊了。

「淑妃娘娘謬讚了。」

「呵呵，這才不是客套話呀！哎！看我把人都攔在路上了，太后怕是在等，本宮就先行一步了。」淑妃呵呵笑的領著她的宮女昂步離去。

一轉身，淑妃的笑臉轉眼板了起來，鳳眼瞪向走得最近的一名大宮女，後者一看到主子的臉色不禁打了個冷顫，但仍是硬著頭皮走上前。

「妳這蠢材！不是說寧王妃玩弄什麼邪術的嗎？妳看她像嗎？」礙於在大庭廣眾之下，淑妃也不好大聲責罵宮女，但從她咬牙切齒得像要把牙齒咬斷的狠勁，說不定她真的想一巴掌搧在辦事不力的宮女臉上。

接下來這宮女有什麼下場，就不是李崇禮等人關心的了。目送著那道帶著火氣的華貴身影離去，李崇禮淡漠的臉上多了一分厲色。

「張淑妃，之前事件檯面下最大的嫌疑人呀！」同樣看著淑妃離去的身影，塗山用只有他們三人聽得見的聲音說著。

一提到之前宮中的事件，李崇禮也無法保持一貫置身事外的態度。

身為受害者，他亦知道背後誰在搞鬼，但他動不了對方，自己的母妃卻又得和這個凶手一起待在後宮之中，李崇禮在心中對張氏的怨恨說不定已經到了不能再忍受的臨界點。今天的事不用說也是張淑妃在背後煽風點火的，不然她不可能這麼巧在這個時間點跟他們巧遇。

「她是我三皇兄的母妃。」塗山一副很清楚後宮關係的樣子，所以李崇禮特地向芙蓉解釋。

「原來如此，在她眼中李崇禮你就是個眼中釘吧？」芙蓉點點頭，還記得自己正在裝塗山的侍女，目光早早就收回來了。

見淑妃的行列大都已經遠去，李崇禮和塗山再開始走，但這次步速有點放緩，好跟前面的淑妃保持一定的距離。

過了這御花園的一角再穿過兩座小宮門，就到太后的宮殿了。

「芙蓉妳說得真直接，不過卻是說對了。」

「很難不直接，看這女人的面相一整個刻薄，不用指望母儀天下了。」芙蓉小聲的說，這話在宮中被人聽到是會被治重罪的，雖然芙蓉自信在被罰前能脫身，但麻煩事還是少一點好。

「呵呵！說得好，要是這女人正位中宮，我也會手癢弄點小動作了。」塗山不著痕跡的瞇了瞇眼，一道略微危險的精光閃過，他百分百是說真的。他待在後宮看著李崇禮母子這麼久，什麼女人都見過，後宮中不計那個老太婆就是張淑妃這女人最討他厭。

「然後天宮會派人把你收了的，塗山。」芙蓉悄悄的翻了個白眼，但眼波一轉她臉上立即多了一個惡作劇快要得逞的笑容。「不過我不會主動告發你的。」

「那我就先謝過了。」

李崇禮一邊走一邊聽他們兩個的對話，不由得放鬆了一點心情。這幾天他的心情一直都有點壓抑，他是人，自然會有情緒，從芙蓉出現之前的宮中事件開始，他身邊已經失去了往日的寧靜，靜下來一個人時他一直都在想……

為什麼這些事都在針對他？他已經一直很低調的過活了，為什麼還要想盡辦法剷除他？這個問題都快要變成心魔般的存在了。他們幾人雖然並不親近，但同是皇家血脈更是兄弟，他們哪一個對自己下手也是手足相殘呀！

這問題沒有人回答他，他也只能一直埋在心裡，直到芙蓉出現，然後是塗山，再來了潼兒，他們三個沒有要求什麼回報卻出手幫他。

李崇禮心裡明白他們也不是自己用金銀財帛就能指使的人，賣他們皇子的人情也是沒有任何意義的。即使他們是因為不同的理由來接近他，李崇禮也覺得無所謂，反正他們沒出現的話，他大概過不到年尾。

「我說王爺，等會你的母妃也會過來嗎？」

「我想不會，太后不待見她。」

三人一出現在太后的宮殿範圍立即就有人趕去通報，很快就看到在正殿那邊有一名官服品位較高的太監恭恭敬敬的走上前帶路了。

從進入大殿直到看見坐在主位的老婦人為止，在場還有四妃中的三人，九嬪中也有幾人在場。向太后行了大禮，李崇禮和孫明尚站在大殿的正中，芙蓉則是退到一邊，一雙大眼既小心又好奇的打量著這一屋子女人。也不只是女人，除了這些嬪妃之外，芙蓉還看到兩個男人，不是太監而是真正的男人。看打扮和坐的位子這兩人應該是皇子，一個年紀看上去和李崇禮差不多，另一個看樣子根本是戴冠不久。

在一個滿是女人的場合，這兩個皇子在席一定有什麼問題；再掃過去也見到兩、三位年輕一點的婦人，芙蓉猜那應該是幾位皇子的王妃。

「崇禮也坐吧！」看了這排行第五的孫子一眼太后沒有再多話，眼光也沒有多停留，充分表現出她的不在意。

她也的確是不太在意這個孫子，這次要不是流言越傳越凶，她也不想花心思把人傳進宮裡，而現在人來了，她就要把傳言中的事搞清楚，皇家不容任何丟名聲的成員。

待宮女上好茶，太后殿內所有的目光都不約而同放在李崇禮夫婦身上，當中有抱持觀望態度的、幸災樂禍的、真正同情的等等情緒。大家都在等待看是李崇禮先開口辯解還是太后先開口。

太后正想要開口興師問罪，宮外的太監卻在這時候通報皇后駕到。

太后是長輩不用動身迎接，但是在場的其他嬪妃、皇子卻要起身恭迎，而三位妃子的面色則說有多難看就有多難看。原本沒有皇后在場，她們三人就是太后之下地位最高的嬪妃，而且在皇太子逝去之後，她們三個差不多已經不把皇后放在眼內，下一任皇帝是誰也和皇后沒太多關係了。

到時她就算成了皇太后又怎樣？兒子也不是她親生的。

可惜那也是將來的事，現在皇后駕到，這些地位比她低的女人就得把位子讓出來，淑妃眼中都快要冒火了。

殿中又是一陣表與心不和的寒暄。

皇后這次到來似乎是針對淑妃而來，掌管後宮的她自然有辦法知道各人有什麼小動作，把事情弄得這麼大，皇后不可能查不到是誰在煽風點火。

而且這次連皇上都開口要皇后來看著情況，不要把事情弄得太僵了。

皇上為何有這想法皇后自然清楚，太子仍在時淑妃不敢太過造次，但是現在儲君之位懸空，她當然想她的三皇子順順利利的爬上去，扯其他皇子後腿的事她可是非常樂意做的。

但是這位淑妃也把皇帝想得太簡單，就算他不插手去保李崇禮，當今皇上也不可能讓鎮國大將軍的嫡孫女，現任西南雲麾將軍的親女栽在京城。無論罰她什麼，恐怕都會惹這個將軍世家不滿，這不是皇上樂意看到的。

而且傳言歸傳言，孫明尚這位王妃在自己王府埋什麼寧王知道不當一回事，寧王不理當今皇上也不想多理，即使他知道孫明尚這個兒媳有可能在詛咒自己的兒子，但是大局為重，而且李崇禮還活得好好的。

當今皇上不信妖邪之說，對他來說，無法完全掌握的人心才是最可怕的事情。

「淑妃，聞說妳聽到什麼對寧王妃不好的傳言是吧？」皇后向太后寒暄了幾句之後，很自然的把話題引到今天最令人注目的事情上。

太后只是挑了挑眉，沒在意發言權是不是轉移到皇后身上，現在有人主動攬下這黑面來做，她自然樂意。太子逝去之後變得深居簡出的皇后這次特地前來，太后不會笨得以為她只是來湊熱鬧。

「皇后言重了。只是道聽塗說……」

「本宮倒是想聽聽淑妃聽到什麼，在宮廷中謹言慎行十分重要，本宮也不想空穴來風的事影響了寧王妃的聲譽，作為長輩的我們可要守好這一關呀！」

話中有話的把造謠生事的大帽子扣到淑妃頭上，雖然大家都心知這是事實，但不少嬪妃還是吃驚皇后把話說得這麼明白。

似乎深居宮苑中的賢妃和皇后也沒多少交情吧？皇后為什麼一來就站在五皇子那邊？這問題在很多正觀察爭位情況的後宮嬪妃心中多了點琢磨，她們想不明白不要緊，把這消息送回娘家的親族中才是最重要。

「只是宮中前陣子出了些不好的事，五殿下也是受害者不是嗎？怎知最近卻傳出了寧王府也出了這樣的事，妹妹才會上心了點，覺得有必要稟報太后娘娘。」暗自咬了咬牙，淑妃打從心底恨死了這個半路殺出的程咬金，原本應該是她笑看著李崇禮夫妻被太后迫問的，誰知道皇后跑出來，害她現在成了搬弄是非的主角。

「五殿下，淑妃這樣說，你和王妃有話想說嗎？」皇后臉上仍是掛著一抹雍容華貴的笑容。

聽她的語氣，在場的所有人都知道今天沒戲唱了，皇后很明顯在幫寧王脫身，只要太后不表態，淑妃這次也得硬吃下造謠的名頭。

「回皇后的話，兒臣只能說此乃流言蜚語。」李崇禮站起身，眼睛不著痕跡的看向在場所有人一眼，在看到自己兄弟身上時不由得多停了一下。沒辦法，當其中一個皇子失勢就代表其他皇子多一分成功的希望，現在雖然看似是淑妃生事，但事實上是否真的如此沒有人知道。

平靜的聲音響起，聽到他的回答後，皇后了然的笑了笑和太后交換一個眼神，見後者沒表示，她就主動讓李崇禮坐下了。

「空穴來風未必無因呀！寧王想要包庇王妃也不能把事實歪曲呀！」見皇后想大事化小，淑妃倒是尖了聲音故意把話題再挑起，這樣做是衝動了點，但她不想放棄這麼好的機會，就算最後李崇禮的名聲被皇后保住了，也不問他王妃在王府中施行邪術的罪責，她也要他臭名遠播。

「淑妃娘娘這樣說也不要緊，只是淑妃娘娘若能拿出證據，崇禮也不再多言。」李崇禮不急不緩的回嘴，他自然知道淑妃拿不出什麼證據的，因為從花園挖出來的東西已經被芙蓉毀滅了。

拿不出證據那就是誣衊，淑妃的臉色都要黑了。

皇后好整以暇的等著淑妃回應，而太后則是吩咐宮女換茶，說了這麼久，各人的茶水早就已經涼了。

一時之間沒有人開口，殿內氣氛有點僵硬，茶點是沒人有膽子吃了，最多也是拿過茶杯喝口茶，等待接下來的發展。突然，一聲瓷碗墜地的碎裂聲響起，殿內的人不約而同找著是誰有膽子不小心打破太后的茶碗，誰知一看之下眾人紛紛驚呼起來。

坐在李崇禮身邊的王妃鬆手摔掉茶碗之後，一手揪著胸口、一手摀著嘴，一絲紅中帶黑的鮮血在指縫中滲出……

十四
雪球越滾越大…

尖叫聲四起，坐在孫明尚附近的女眷在見血的一刻已經驚叫著逃離原本的座位，而當中不乏有些驚駭的看著那個摔在地上的茶杯。

茶是太后示意換的，而人在喝茶之後就吐血了。

皇后擺明站在寧王這一邊，寧王妃根本不用擔心會受責，更別說是畏罪服毒，而且這麼多雙眼睛看著，她如何神不知鬼不覺的服毒自殺？

「王妃！」芙蓉和李崇禮嚇了好一大跳，知道塗山底蘊的他們對突如其來的發展也來不及反應，李崇禮更是有點呆了似的愣了一會，才趕緊伸手扶住自己王妃軟倒下去的身子。

芙蓉大驚失色的衝了上去，顧不得自己現在的身分不應該擅自行動，她也是真的嚇到了，她甚至搞不清楚塗山現在中毒吐血是故意的還是真有毒把他毒成這樣。不會是這裡的茶像上次白山樓的一樣加料了吧？但是她沒感到有異樣的氣息呀！至少可以肯定沒有蠱毒這種麻煩的東西。

「怎麼回事！」一直沒說話的太后臉上難得掠過一陣慌亂，人在她宮殿出事，她這個主人責無旁貸；再來就是憤怒，是誰有膽在她眼皮下做這種骯髒事！

「立即傳御醫來！」皇后立即向自己的近身宮女下達命令，處於她的位置現在必須要冷靜，此刻大部分於後宮有勢力的嬪妃都在，寧王妃突然中毒的事件和誰人有關雖未必能從在場的人臉上看出來，但也有可能看出一些端倪。

在皇后心中最大嫌疑的莫過於太后和淑妃，前者一直沒有就這次的事件表態，皇后也不知道太后心裡是有什麼打算，只是現在皇后卻是知道自己沒有辦法向皇上交代了。

「王妃，別嚇芙蓉呀！」芙蓉摸出手絹印上塗山的嘴角，紅中帶黑的鮮血很快就把手絹染得濡濕，而後者的臉色也蒼白得嚇人之餘連意識都模糊了。

「明尚……」抱著塗山身體的李崇禮心情比芙蓉複雜得多，他心裡知道塗山的能耐，也隱約猜到這或許會是塗山的計策，好讓孫明尚理所當然的死掉。可即使告訴自己這些都是一場戲，看著這張雖然沒多少感情但每天都看得見的臉孔變得蒼白無色，那身子虛弱的倒在自己懷裡，那慢慢在變冷的體溫和失去光彩的眼睛，李崇禮覺得心裡有什麼被掏空了似的。

「王爺……王爺！」芙蓉一邊幫著李崇禮扶著塗山，見李崇禮的臉色越來越不對勁，她擔心是不是連他的茶都是加了料的，現在要毒發了。

李崇禮目光才移到芙蓉面上，那臉不知所措的表情令芙蓉心頭一酸，想伸手捉住李崇禮的手臂，但另一手她正扶著的塗山身子卻更軟的往一邊倒下去。

驚呼聲又再次響起，孫明尚嘴邊沾滿血跡的臉容恐怕令人在場的人有好一陣子都會睡不安穩，這些隔岸觀火的人也可說是害她死在宮中的罪魁禍首之一。

李崇禮懷中的人沒了氣息，在那雙沾了血的手軟著滑下時，被火速傳來的御醫也連爬帶滾的來到，請安什麼的都全免去，連太后和皇后都離開了座席想要第一時間知道御醫的診斷結果。

太后殿的宮女在太后指揮下協助御醫診斷，而芙蓉則是先扶了李崇禮到一旁，但是他不肯坐到一邊，露出衣袖的手握得泛白。

現在的畫面真的好像他的妻子快要死在他的面前，完全沒有心理準備，一個和自己也算很親近的人很兒戲的倒在自己面前，甚至沒有兩刻鐘之前他們還在說話。先前知道孫明尚已經死了他沒有太大的真實感，畢竟她離開王府到哪去了沒人知道，從塗山和芙蓉口中知道地府的消息，也總是覺得有點不真實——聽回來的事實遠沒有視覺看到的來得有衝擊性。

「王爺你沒事吧？撐著呀！不會有事的！」芙蓉發現自己得用點力才能扶得穩李崇禮，後者微微的點了點頭，但是她不信他真的沒事。若事後讓她知道是塗山故意裝得這麼逼真，她一定要塗山好看！玩得太大了！連她也被嚇到了呀！

她只不過比李崇禮好一點，由此至終她都隱約感覺到屬於塗山的微弱氣息，這氣息一天還在，塗山就死不了，只不過無法從中分析他是完好無缺還是快死了。

御醫在多雙眼睛注視下戰戰兢兢的替已經沒有反應的孫明尚把脈，現在也顧不得男女授受不親要先架屏風避嫌的事了，手指一碰到那已經微涼的手腕，御醫的臉一下子變黑，不說要他把結果說出來了，一旦說出來他可能就是第一個陪葬的呀！

「怎麼樣？御醫你說話呀！」發出有點慌亂叫聲的是淑妃，她可不想在她背後暗暗推動的事上意外死了人呀！

但是她一出聲，所有人第一個想法是這女人又在貓哭老鼠，她有這麼關心寧王妃就怪了！

「太后娘娘恕罪！皇后娘娘恕罪！寧……寧王妃她……已經斷氣了。」

御醫顫抖的聲音才落下，宮殿中傳來一聲聲倒抽口氣的聲音，雖然大家心裡都已經猜到人可能沒救了，但是事實被明明白白說出來卻又是別種的震撼。

寧王妃死在後宮中，而且死在太后召見期間，在眾目睽睽之下喝了有毒的茶斃命！要是她的爺爺和父親知道了會怎樣？自家的寶貝女兒嫁入皇家卻不明不白的死於非命！朝廷恐怕要亂套了！

芙蓉想的沒這麼遠，朝廷中事她一知半解的，腦筋也沒辦法一下子轉到寧王妃一死對朝廷風向有多少影響，她腦裡在想的是塗山是怎樣裝死裝得這麼像的？要是等會他們說要把王妃包一包等入殮封棺怎麼辦？總不能由得他們把塗山釘進棺材裡吧？

「原來還是會心痛的……」

一道帶著悲痛般的聲音輕輕在耳邊響起，芙蓉意外的看著李崇禮，這還是她首次看到他對孫明尚的死表現出這麼明顯的情緒。想要說點什麼安慰他，但是現在場合不對，她的身分要是主動和他太過親密恐怕會惹來麻煩，無奈之下只能用袖子作掩飾輕輕拍了拍她正扶著的他的手臂以示安慰。

這次李崇禮沒有用他那淡如水的微笑回應，臉色轉得更白的他身形晃了兩晃，當眾暈了。

而芙蓉一下子扶不住，硬生生的成了肉墊。

所謂男女授受不親，即使芙蓉在東華臺這個男人堆中混了好一段時間，也沒試過和一名異性靠得這麼近，也可以說對方現在不只是靠，而是整個人貼在她身上了。

不過這次芙蓉臉皮意外的厚，因為她隱約覺得有點不對勁。

一個人昏倒的話身體應該無限放軟的吧？但是李崇禮暈歸暈，倒在她身上也是事實，不過怎樣暈可以巧妙的避開她身上的尷尬部位？心底雖然疑惑，但芙蓉也沒有笨到當場拆穿李崇禮可能是裝暈的把戲，現在他用暈過去來轉移眾人的注意力說不定也是最好的。

有見及此，芙蓉立即十分配合宮殿內女人們亂成一團的氣氛，一聲王爺一聲王妃叫得淒厲，在外人眼中她就是忠心於這對年輕夫婦的小丫鬟。

暈過去的李崇禮被送到賢妃宮裡時，芙蓉也理所當然的被安排了過去。賢妃宮裡人氣本就冷清，現在太后宮裡發生了事，這裡就更顯得靜悄悄。李崇禮剛被送過來時，御醫、太監也是來過一堆，但診斷過後御醫也不願多留，現在太醫院正為了寧王妃被毒殺的事陷入焦頭爛額的狀況。

皇上下令徹查是理所當然的，但要他們查出下的是什麼毒就太強人所難了！王妃用過的茶碗早就摔成一堆碎片，茶水灑得一地都是，他們勉強也是收集了一丁點的茶葉渣滓，但僅從這一點點東西裡，如何在天下毒物中推測出是什麼呢！

相較太醫們憂心忡忡的神情，這宮殿的主人賢妃的面色也沒有好多少，本來身子已經夠弱的她，在聽到宮中流言後因為憂心又是臥了好幾天的床，原本她想勉強起來今天趕去太后那邊，但偏偏她的宮門一大早就被人給堵了。

是誰來堵她，賢妃心裡有數，就算她們同是一品四夫人，沒有後臺的自己在深宮一直都是苟延殘喘。

沒辦法過去太后那邊正焦急著，打探消息的人還沒回來卻見看見自己的兒子暈倒了被送過來，賢妃差點嚇得跟著暈過去。好不容易撐到御醫離去，賢妃就坐在兒子的床沿一個勁的哭。

芙蓉站在一旁看著心裡有點奇怪的感覺。一個母親為了自己的兒子在哭，她也覺得不太好受，但這種感覺並不是太強烈。她從天地靈氣而生，天地可不會伸手溫柔的撫著她的額頭，流下溫熱的淚水。李崇禮有個疼愛他的母親也算是幸福，怪不得他對有人用邪術害他母親有這麼大的反應。

賢妃的身邊不見貼身宮女，芙蓉覺得有點奇怪，不過又想到這宮殿的冷清，說不定連定制的宮女人數都有點不足。沒人就沒人，正好！

賢妃在場，芙蓉也不能越了侍女的身分走得太近，期間她感受了一下這宮殿的結界發現仍很堅固，心中一喜差點想歡呼鍾馗果然很可靠呀！有了這結界，這陣子李崇禮母妃的安全不用擔心，要是她能靜心休息，氣息應該會更好的。

「孩兒沒事。」反握著正放在自己手上的玉手，李崇禮完全不像一個虛弱的人般睜開眼，然後坐起身，沒有絲帕在身，他只好用自己的袖角擦去賢妃的眼淚。

「王爺果然什麼事都沒有。」作為現在寢殿中唯一一個下人，芙蓉不得不上前打點主子身邊的事，不過她這次可管不住自己的嘴抱怨了一下。誰叫她真的有一秒被嚇到嘛！

芙蓉不滿而微微嘟著嘴的表情令李崇禮帶點歉意的一笑，然後又安慰了自己母妃幾句讓她安心。不過現在還不能下床，隨時會有人打著探病的名目過來，或許他還得裝虛弱多暈一陣子。

「我是真的有暈一下下，倒下去只是順水推舟而已。」

「真的有暈？」芙蓉皺起了眉，太后宮可不比這裡有鍾馗的結界，宮中負面的氣息對本就不太壯健的李崇禮說不定真的有影響。

二話不說手就摸到李崇禮額上，後者沒有抗拒的由得她，不過坐在旁邊的賢妃看得眼睛都要掉出來了——這是她那個不喜人近身的兒子嗎？

因為賢妃的視線太過灼熱，就好像有兩道火光烘著自己的手一樣，順著那炙人的視線看過去，看到賢妃又驚訝又有點期待的表情，再看看自己的手現在放的位置，以及自己身處的地方。芙蓉相信這位賢妃心裡一定是誤會什麼了，而且誤會得十分嚴重！在王府也可以說是下人們私下在傳，現在賢妃誤會了等一下她派人去王府一問，自己和潼兒跳河也洗不清啦！

見芙蓉尷尬的縮回手，裝作若無其事的站到一邊，心裡有所猜想的賢妃也沒點破，雖說芙蓉的行為舉措有點失儀，但至少她沒有在這女孩眼中看到像宮廷中女人那樣的貪婪和機心。

「總之孩子你沒事就好，明尚的事……」想到自己那個將軍家的媳婦就這樣沒了，賢妃的眼淚又開始掉，沒了這位媳婦要找哪家官宦千金嫁她兒子？

提到死於太后宮中的孫明尚，在御醫已經確定回天乏術之後，遺體暫時安置在一處沒人居住的宮殿。而現在皇上待在太后宮裡正把在場的人一個個的審問。

「我沒事……」

「難得聽說你和明尚關係變好了，人卻這樣沒了。」皇上替李崇禮找了一個中立的將軍家是讓她最安心的事，雖然知道他們兩夫婦感情不好，但好歹李崇禮也有一個靠山，現在沒了，也不知道孫將軍家知道獨女慘死會有什麼反應。

「天意如此沒辦法，母妃別憂心了。孩兒會處理好自己的事，您不用擔心。」

賢妃再坐了一會就被李崇禮勸下去休息，李崇禮因為還得裝昏的關係，呼喚宮女來照顧賢妃的大任就落到芙蓉身上。

一幫太監、宮女在宮殿中忙忙碌碌來來往往，有時候會有好奇的目光投到芙蓉身上，芙蓉低頭看看自己，也覺得自己現在實在是有礙觀瞻，她的衣袖沾著茶漬也有血跡，還好賢妃宮裡沒什麼來客，不然這身打扮可是會落得一個衝撞貴人的罪名。

出了寢殿跟著宮女們走動的方向來到宮殿的後方，芙蓉以為自己會看到一副忙碌到死的畫面，畢竟賢妃宮裡的人都裝得很忙嘛！誰知道一離開華美的宮殿來到下人們工作的地方，三五成群的人在打哈哈或是賭錢，真正在打點事情的恐怕只有幾個人。

怪不得賢妃宮裡可以冷清成這樣，原來該出現的人全都躲懶窩在這裡了。

芙蓉看傻眼之餘心思轉了轉，而她的出現令偷懶中的人紛紛轉頭看著她。他們沒什麼怕的，賢妃體虛不理宮中事務，大宮女也沒足夠威望統御所有的宮女和太監。對這些宮裡下層的人來說，跟個顯赫的主子才有出路，賢妃就算是四妃之一，但她身上卻沒什麼油水可撈，差事自然不上心了。

芙蓉是跟著寧王爺進宮的下人，這些宮中的老油條自然知道，他們不怕賢妃知道他們怠職，但是會怕王爺知道。畢竟，再低調也是個王爺呀！要是他們當差不上心的事被知道了，也絕對不是好交代的事。

沒有人主動找芙蓉搭話，而芙蓉也沒有這麼笨先一步低聲下氣去求他們做什麼，這些人既然可以明目張膽的偷懶，也不用指望他們會用心工作了。她維持著微笑的表情轉身打算離開，身後隨即響起幾道急促的腳步聲，三兩個青年太監攔住了她的去路，臉上的表情也頗有陰霾的感覺。

翻了個大眼，芙蓉扠起腰想著要怎樣教訓這幾個明顯要來找碴的笨蛋。做得太過分會引起宮裡人的注意，但對方惹到自己面前卻不幹點什麼又過不了自己這關。

聽著這幾個傢伙說著她不乖乖合作就對她不利的發言，芙蓉只能忍著伸手去挖耳朵的衝動，但臉上不耐煩的表情表露無遺，要不是宮女的臉規定不准打的話，那幾個太監一定會想送芙蓉巴掌。

「你們都說完了嗎？我還得趕著去找大宮女姐姐呢！」扯起一個欠扁的笑容，無視對方的攔截走向前，芙蓉正想著只踩腫他攔路的腳好還是用法術捉弄一下他們？

哼！她最討厭這種不好好工作被發現後又想發難的小人。若是之前，她一定會向李崇禮告狀，不然她也一定會和塗山說；前者說不定得考慮很多才能下手，但塗山一定會神不知鬼不覺的教訓這些人。

話說回來，塗山裝死也該回來了吧？

「妳回去要是多嘴……」

「多嘴又怎樣！」芙蓉眼一瞪，胸一挺，氣勢頓時暴增了不少。「怕我回去跟王爺說的話，你們一早就該皮繃緊一點，有膽子大白天就偷懶，敢幹就得敢當！」

幾個青年太監被芙蓉突然猛漲的氣勢嚇了一跳，他們幾個凡人怎可能抵得住芙蓉這個仙女的威嚇，連仙氣都不用，只要拿出一丁點和仙界那些大人物叫板的氣勢對這些凡人絕對是手到擒來了。

於是，那幾個圍堵芙蓉的青年太監真的被芙蓉駭住，有的還不自覺的退了一大步。

「母老虎……」

「敢說姑奶奶是母老虎的站出來！」芙蓉本已邁出的腳步立時剎停，惡狠狠的逐一瞪向那幾個仍未平服心裡恐懼的人，他們猛地搖頭，就怕這個姑奶奶不相信了。

見沒有人認，芙蓉也不糾纏下去，離開後轉了另一個方向，很快就看到賢妃身邊的大宮女，誰知道她忙得連停下來聽芙蓉說話的時間也沒有。

因為剛才來了通知，皇上和皇后正聯袂前來，說是要探望慰問賢妃和李崇禮。一聽到大人物要來芙蓉立即就找地方躲了，反正李崇禮也一定會裝出還在昏睡的樣子，她沒必要當布景板站著不能動，一動就是一個大不敬。

再說剛才回嘴回得太順口，那一句母老虎分明就是塗山的聲音！要把他找出來也不算太難，在賢妃宮裡轉了一會她就找到塗山了。不過後者現在一身宮女打扮，臉也是從沒見過的陌生樣子。

一走近，芙蓉發現塗山一早就設下了結界，既然不用擔心有人會走近，芙蓉來到塗山旁邊就十分不客氣的抱怨起來。對於她的喋喋不休，塗山一句話都沒回應，只是挨著廊柱讓芙蓉說個夠。

「別說嚇到我的問題了，你是裝女人上癮了？現在扮成宮女幹什麼？」

「要在後宮裡光明正大的走動，不是扮成宮女就是太監，難道要我扮太監？」

「所以你寧願裝女人？」芙蓉上下打量著塗山的打扮，身材高䠷、臉容清雅得有點平凡，是後宮中標準沒有人會記得的大眾臉，和他之前幻化成孫明尚給人的感覺十分不同。

「裝女人是我的強項，絕不會穿幫。」

芙蓉聽到這個答案有一種想扶額角哀叫的衝動，心想雖然潼兒現在和塗山不算很親近，但之後應該要注意一下不要讓他們走得太近，不然回仙界之後潼兒說要加入崑崙女仙的行列，東王公那張不動如山的臉說不定也會崩解。

「孫明尚的事我已經妥善的處理好了，不會有人發現人不是真的。」

「遺體你到哪裡弄來的？」

「宮裡一天到晚都有人死的，要找一個替身有何難，而且我已經和地府打了招呼，雖然他們極不願意，但是地府會讓人看著那遺體，就算藏在宮中的那個神祕敵人再有能耐，都不會找得出那屍體的破綻。」

「你！你……你又找地府那些……！」芙蓉臉色一變，立即跳開兩步，一雙眼睛凝重的看著四周，活像地府的人一會就會冒出來找她算帳似的。

「別傻了，他們說了皇位爭奪之事不會插手，這次願意賣人情只是因為他們來看看有沒有辦法找到孫明尚的魂魄，或是藏起了她魂魄的人，不然他們打死都不會蹚這禍水。」

「他們不會主動來就最好。」最令芙蓉安心的莫過於這個結論，不過下一秒塗山就令這安心感破滅了。

「不過因為被拖下水了，他們的頭兒震怒了。」

這句話的威力就像是芙蓉一口氣炸了上百個煉丹爐一樣，聽到地府最大的頭兒、那個雪霜般冷冰冰的東嶽帝君發怒了，而且還是用震怒來形容，她身體的自然反應就是立即逃走。

但是塗山一手就抓著了她身上的披帛，動了點巧勁，手捲上那長長的披帛將芙蓉拖了回來。

「別走得這麼快，等房裡那皇帝走了之後，我還得跟妳還有李崇禮說一下剛才的情況。」

塗山看了看他們兩人正靠著的宮殿牆壁，裡面那個皇帝大概正在說著要賢妃安心，一定會抓出凶手之類的場面話吧？

要是凶手這麼好找，宮廷中就沒有這麼多冤案了。

「對了！塗山你是真吐血還是假吐血！」

塗山白了芙蓉一眼，臉上的表情在鄙視芙蓉的問題太白痴。

「就算對方放砒霜，難道我會毫無防備的喝下去？」

「我只知道就算成了仙也不是毒不死的。」雙手抱在胸前，芙蓉真覺得自己那一丁點的擔心都白費了，好好的問他就不可以好好的答嗎？一定要給她一個「妳是白痴」的表情嗎！

「那也要看看是什麼樣的毒藥，凡間之物要把我毒死很難。不過，聽說經過芙蓉妳手的就難說了。」壞壞的笑了兩聲，塗山看到芙蓉吃癟的表情，感覺更爽了。

「別繞個彎批評我的煉藥術！」身上被披帛纏著想出腳踹塗山也做不到，芙蓉只能鼓著臉生悶氣，心想被塗山知道她在白山樓用了她難得的成品後，果然被他笑了。

不過不要緊，她很快就能忙裡偷閒的重操煉丹大業的！

「那杯茶的確是被下藥了，應該是被加了兩種。」煉丹的確不是塗山的強項，所以他沒再多言，也不想猜測為什麼芙蓉煉丹術這麼爛，整個仙界的人也由得她不停的炸爐搞破壞，就算她在仙界再受寵也不是不用管制的。

她是個很大的特例。

「兩種？一種還怕毒不死你嗎？」雖然煉不出正常的藥，但是芙蓉對各種藥理的認識也不是蒙來的，要不是她沒辦法把茶水收集回來，不然她一定要好好研究裡面到底放了什麼。

要知道，下毒的人應該不知道喝茶的人不是真正的孫明尚，而是一隻不怕尋常毒藥的狐仙，那麼對付一個凡人下兩種毒藥就真的不打算讓人有機會救她了。

「一種是劇毒，一種算是迷幻藥吧！喝下去的感覺大概是這樣。」塗山舐了舐嘴唇像是在回味那毒茶的滋味，別人不知道的還以為他很喜歡喝毒藥。

見芙蓉已沒有要逃亡的打算，塗山鬆開手上的披帛還她自由，兩個人開始就那杯茶討論起來。

「迷幻藥？這次沒有蠱毒嗎？」

「妳似乎真的很想我死，真有那種東西就算是我喝下去也會很麻煩的。」

「我以為你比蠱毒更毒，蟲子進肚反而被你毒死。不過這兩種藥應該不會同一時間下呀！要是想讓喝茶的人精神錯亂，就不會同時下猛毒了，這不是叫人還來不及發瘋就毒死嗎？」

「這麼簡單都不懂？毒分別是兩個人下的，不然還有另一個解釋嗎？」塗山伸手趁芙蓉一臉沉思的樣子彈了她的額頭，後者差點跳起來反抗。

「我也想到了啦！」

「先別理真凶的問題，李崇禮怎樣？」

塗山之前被當作死屍送走，他們分開行動，所以塗山不知道接下來的事。在芙蓉把李崇禮裝暈而現在待在賢妃宮裡的事簡單說了一遍後，塗山狀似很滿意的點點頭：「這樣就好。」

「好什麼？」芙蓉不解，她最多只是明白李崇禮裝暈是想省掉應對那一屋子女人的麻煩，而且李崇禮那種個性要是一臉木然的待在原地，誰看到都會覺得太冷靜。現在人死在面前，李崇禮大受打擊暈一下都算很正常，反正他出了名的身體虛。況且以芙蓉來看，李崇禮的體質目前還是虛的。

「算是一種發洩?孫明尚死得太離奇了，就算我們說她死了，李崇禮也沒辦法一下子相信，所以我特地多吐幾口血把死狀弄得慘一點，好等他有一個孫明尚真正死了的效果。」

即使塗山很直白的向芙蓉解釋個三天三夜關於凡人的七情六欲，像芙蓉這種天仙也不一定會明白的。再說李崇禮和孫明尚兩人的關係有點糾結，兩人對對方雖沒多少情愛，但也不是完全視對方無物的那種陌路關係，留下來的那個就算表現得滿不在乎都好，塗山認為那都只是偽裝，心上一定會有一個傷口的。這個傷口不撫平就會變成一個弱點，很可能在將來危害到李崇禮本身的安全。

「為什麼要這樣做?你再吐一桶血，他也知道吐血的人是你呀!」

「妳不要忘了地府那邊說孫明尚的魂魄一直沒下去，而且屍體也沒找到。」

一提地府二字，芙蓉又是打了個寒顫，但是這次芙蓉沒有第一時間想走，因為塗山真的提醒了一個很重要的問題。

芙蓉從來沒想到這方面，她一直覺得地府十王加上那個可怕的東嶽帝君辦事是絕無可能出錯的，但是現在東嶽帝君也震怒了，可見事態並不好，一個待在凡間久久不到地府報到的魂魄九成會異變的！而且變成厲鬼魑魅之類的東西已沒有理智可言，也極大可能會被人利用，最好的方式就是用孫明尚的陰魂來對付李崇禮。之前也有別人詛咒他們母子的記錄，因此再發生也不奇怪。

不用說，這真的會是一個很大的弱點。

「看來妳想到了。」

「為什麼我第一個工作會牽扯這麼多……」想是想到了，但芙蓉想到自己的悲催多一點。

「天意呀！」塗山扔出一個幸災樂禍的眼神，然後突然側過頭聽著身後宮殿中的動靜。

「皇帝、皇后起駕了。」時間大約是來了一刻鐘多一點，宮殿的前方又陷入一片忙碌，太監一聲聲的起駕響起，大概過一陣子皇帝、皇后就會動身。

「真快。」

「想知道他剛才說了什麼嗎？」

「李崇禮不是還在裝暈嗎？再說，你和我一直在說話，結果原來是在偷聽啊？」

「他跟賢妃說，這次的事雖然死了個將軍之女會變得很麻煩，但是皇帝不可能交得出真凶。」

「起碼淑妃是交不出去，皇帝沒可能和臣子說是自己的妃子下毒手。」

「哦！怎麼會是淑妃？」

「她原本那張胸有成竹的嘴臉告訴我那份迷幻藥一定是她下的！」芙蓉也沒有實質證據證明是淑妃做的，但那種女人大概也沒膽子在太后面前下毒殺人，而用迷幻藥令人致幻失態倒是極有可能，更不要說今天這齣大戲原本就是她弄出來的。

不過很可惜螳螂捕蟬、黃雀在後，她設計好的舞臺被人借用，而且還反把她置在千夫所指的位置。雖然淑妃有小動作，但下殺手的不一定是她。她的行動太過明顯了，一個在後宮中也有高位的女人沒道理蠢到這地步，腦袋又不是被豬踢了。

「妳也不用擺出這樣的表情，做好自己現在的分內事就好了。」

芙蓉有點悶的點頭，她怎會不知道自己現在只能做好分內事，就算要叫去摻和爭位的事她也沒能耐呀！而且她沒忘記那個擁有帝王之相的小孩，明知道最終勝利者是誰，她也不會想李崇禮站錯邊，不然一失足成千古恨的情況可能會活活上演。

說不定讓他和李崇溫合作是個不錯的選擇，有同伴總好過得無時無刻提防多一個敵人。

來到凡間一小段時間，芙蓉也是有長一點心眼，特別是在宮廷這種權力的大染缸，那些上位者最喜歡說的不就是不為己所用者殺的大道理嗎？

潼兒推薦她看的史書大都有這樣的人在，而李氏皇家中應該也不乏這種人。李崇禮一個人勢單力薄，如果不和人連成陣線，在之後不停改變的形勢中只會越來越危險。

「我們先會合李崇禮，看看他自己有什麼打算吧！我們左想右想也是沒用的。反正皇帝走了他大概也不會再裝昏了。」確認宮裡的動靜告一段落後，塗山也不想浪費時間了。

「裝昏真是一個迴避麻煩的好方法。」

「妳就算了吧？別說妳壯得跟頭牛一樣了，裝昏不會有人信的。」

張了嘴想反駁，但塗山已經隱身起來撤去了法術，芙蓉只能乖乖閉上嘴把這口氣吞進肚裡。

芙蓉繞了個大彎回去寢殿，恭送皇帝、皇后離去的賢妃已被大宮女扶著去休息了。之前被芙蓉看到在偷懶的宮女和太監也頂著一臉不太情願的表情在幹活，剛才皇帝、皇后親臨，他們當然不能繼續偷懶，而現在也怕芙蓉嚼舌根，只得老老實實的工作。

輕手輕腳的走進寢殿，一層層紗帳後看到李崇禮坐在床上的身影，芙蓉先是愣了一下，他沒有在皇帝面前裝暈嗎？

「等一下去王妃現在所在的宮殿看一下後我就會出宮了，出了這種事，子穆在外面應該很擔心。」見到進來的人是芙蓉後，李崇禮也沒多介意少了通報候傳這步驟，他下了床自己整理一下衣冠後走到芙蓉面前，但視線卻像是看往旁邊。

「謝謝。」

「不用謝。你確定不直接回去？要知道少了在這宮殿的結界，難保會有什麼意外喔！」塗山笑著回答。

「危險也是要去的。剛才我和父皇說了要帶『她』回去，留『她』下來也不妥。」李崇禮對這宮殿有上次芙蓉他們下的結界一事略有所知，塗山現在話中的意外他大概也能猜到一二。一開始詛咒他們母子二人的真凶到現在都沒抓到，宮中的不祥氣息也從來沒有減弱過。

「李崇禮，你心裡有底嗎？」

看向聲音的方向，李崇禮半垂著眼輕嘆了口氣。上次的事，他得到的情報說是張淑妃同宗族的張昭媛手下的宮女做的，這次的事淑妃也在推波助瀾，但真正耍陰的人不會把自己曝露在明面之下。可是除了張淑妃和她的三皇子這組合，還有哪個人處心積慮要對自己不利？

芙蓉也在旁邊數著，大皇子死了，二皇子想拉攏李崇禮應該不是敵人，至少拉攏期間沒必要動手加害；三皇子有個壞事的母親是有點可疑，接下來還有四皇子和排行較少的兩個弟弟；至少公主們是不用去理的，外嫁出去和皇位一點關係都沒有了。

在太后殿內看到的那兩個，應該就是四皇子和其中一位皇弟了吧？

要是用消去法找最有可疑的人的確沒剩多少選擇，李崇禮自己心裡一定是有底的了。

「回去之後我會好好和二皇兄討論一下合作的事。」

芙蓉和塗山沒有出聲，畢竟要做出決定的不是他們。

※　※　※

當李崇禮出宮時，的確看到歐陽子穆極度緊張的迎了上來，他雖然安心李崇禮本人沒事，但是兩人立著進去結果一人橫著出來，看到在王爺身後那一隊宮中侍衛組成的護送孫明尚遺體的隊列，歐陽子穆真的感到世事無常。

他也是不喜王妃的性子，但是早兩日還對過話的人就這樣死了，不可能對認識她的人沒有衝擊性。

簡單交代了兩句，歐陽子穆先遣人回王府打點，王妃逝世王府布置必須預先更動，這個消息一傳回王府自然是嚇到了所有的人，而留守的潼兒也嚇得手上的泥剷掉到了地上都不知道，他沒想到塗山所謂會好好處理孫明尚的事竟來得這麼光明正大，而且下毒之事似乎還不是無中生有！

正苑現在沒有王府的人待著，這還是平日守正院大門的侍衛特地來跟他說一聲的，雖然現在因為芙蓉的威脅信而有一位仙界的人下來坐鎮，但侍衛這種普通人可看不到這個待在涼亭中看書的身影。

看著潼兒呆著的樣子，坐在涼亭中的人放下手上的書，走到太陽之下看了藍天一眼。

「這處理方法說不定是最好的。星軌變了，這王府主人的決定大概和原先的不一樣了吧？」原在涼亭看書的人緩緩走到潼兒身邊拾起掉到地上的剷子，也不怕弄髒了他一身雲色衣裝。

「那麼是好是壞？」潼兒問完才發現對方拿起沾了泥的剷子，差點沒嚇得他心臟罷工，慌忙的拿過裝著清水的水桶讓那人淨了手，潼兒自己也洗了一遍後把那人帶回涼亭待著，接著很熟練的倒茶服侍。

「天意哪是這麼好猜測的，不過星軌改變了，對九天玄女來說大概是好消息。」

「九天玄女娘娘真的下來了嗎？」

「潼兒你暫時就待在這裡吧！對你來說也是難得的歷練。」那人沒有回答，像是沒聽到潼兒的問題一樣只是說著他要說的話。

潼兒低頭看了自己現在的打扮一眼，隨即覺得委屈極了。他真的沒想到自己會有朝一日打扮成這樣出現在這一位面前，丟臉死了！

「我回去了。」潼兒正想起身恭送，但對方先一步制止：「給你的東西收好。」潼兒才正要回答，對方的身影卻已經消失，連曾經的氣息都抹除了。

他走後，王府陷入一片忙碌之中，大廳中比較鮮豔的擺設全被換了下來，紗帳等等被換上素白色，下人不論男女都繃著一張臉，誰都想知道多一點但不敢問，問了也沒人可以回答。有人悄悄的說起這次王妃進宮的原因，也在猜測不知道和她的死是不是有關，這個懷疑就算有人站出來再三警告說別再提怪力亂神的事也壓止不了。

站在正苑的院門前等待，看著王府上上下下不安的忙碌著，想到剛才那位不經意透露的事，潼兒心裡沉了又沉。

派他下來真的不是好差事呀！芙蓉這次是沒主動惹事，但卻是一早就踩進比漿糊更麻煩的事裡了，害他也跟著難以脫身。

李氏皇朝的皇位之爭現在才真正展開序幕，一方是九天玄女和天宮要擁立的天命之君，另一方是目前未知底蘊的對手。東嶽帝君掌管地府不願插手，但似乎避無可避的被牽連；崑崙自然會站在九天玄女那邊；而他和芙蓉在這裡，天宮和紫府也不可能袖手旁觀。

但是那個對手到底是什麼人？

潼兒想來想去都想不出來，但能夠讓仙界把九天玄女派下來，恐怕不是個容易解決的對手吧？現在想太多都沒用。潼兒嘆了口氣，回頭看看已經被他開墾了一部分的花圃，或許他擔心仙界大事之前要先擔心自己的安危，說不定他會因為被炸爐波及受重傷先回仙界休養了。

隨著從宮裡回來的隊伍到達門口，王府的氣氛再一次陷入極度的沉重當中，王妃的院子已經被下人整理好，臨時的棺槨被放了進去。

寧王府的禍事像是一滴掉到名為皇位爭奪戰的水池中的水珠一樣，激起了一道道的漣漪，讓前景不明的混亂又增加了不少變數。

這一刻才是真正的開始……

《芙蓉仙傳之打工女仙我最大！》完

2012暑假最振奮人心的COOL勢力
讓你笑到噴淚的校園狂想曲！
我的黑貓家教
龍雲亮
X
重花
Miaow
do、re、
mi、la……
這是fa，
不是la！
一隻文武皆優、
上天下地人見人愛的超級全能黑貓，
一個成績吊車尾、
酷愛唱歌卻看不懂樂譜的音痴少女，
她承諾幫牠找到解除魔咒的方法，
牠則指導她作詞作曲練唱歌兼免費家教，
只是……
口哇伊的黑貓家庭教師 x 期待值零的全年級差生
2012/8/15超超超另類的課後輔導！！！
★更多詳細內容請搜尋★
不思議工作室_
立即搜尋
典藏閣
采舍國際
www.silkbook.com
版權所有© Copyright 2012

飛小說系列033

芙蓉仙傳之打工女仙我最大！

出版者■典藏閣
作　者■竹某人　繪　者■Mo子
總編輯■歐綾纖
製作團隊■不思議工作室
郵撥帳號■50017206 采舍國際有限公司（郵撥購買，請另付一成郵資）
台灣出版中心■新北市中和區中山路2段366巷10號10樓
電　話■(02) 2248-7896　傳　真■(02) 2248-7758
物流中心■新北市中和區中山路2段366巷10號3樓
電　話■(02) 8245-8786　傳　真■(02) 8245-8718
ISBN■978-986-271-277-1
出版日期■2012年10月
全球華文國際市場總代理／采舍國際
地　址■新北市中和區中山路2段366巷10號3樓
電　話■(02) 8245-8786　傳　真■(02) 8245-8718
新絲路網路書店
地　址■新北市中和區中山路2段366巷10號10樓
網　址■www.silkbook.com
電　話■(02) 8245-9896
傳　真■(02) 8245-8819

☞**您在什麼地方購買本書？**☜

☐便利商店＿＿＿＿＿☐博客來　☐金石堂　☐金石堂網路書店　☐新絲路網路書店

☐其他網路平台＿＿＿＿＿☐書店＿＿＿＿＿市／縣＿＿＿＿＿書店

姓名：＿＿＿＿＿地址：＿＿＿＿＿＿＿＿＿＿＿＿＿＿＿＿＿＿＿＿

聯絡電話：＿＿＿＿＿電子郵箱：＿＿＿＿＿＿＿＿＿＿＿＿＿＿＿＿

您的性別：☐男　☐女

您的生日：＿＿＿＿＿年＿＿＿＿＿月＿＿＿＿＿日

（請務必填妥基本資料，以利贈品寄送）

您的職業：☐上班族　☐學生　☐服務業　☐軍警公教　☐資訊業　☐娛樂相關產業

☐自由業　☐其他＿＿＿＿＿＿

您的學歷：☐高中（含高中以下）　☐專科、大學　☐研究所以上

☞**購買前**☜

您從何處得知本書：☐逛書店　☐網路廣告（網站：＿＿＿＿＿＿＿）　☐親友介紹

（可複選）　☐出版書訊　☐銷售人員推薦　☐其他

本書吸引您的原因：☐書名很好　☐封面精美　☐書腰文字　☐封底文字　☐欣賞作家

（可複選）　☐喜歡畫家　☐價格合理　☐題材有趣　☐廣告印象深刻

☐其他＿＿＿＿＿＿＿＿＿＿

☞**購買後**☜

您滿意的部份：☐書名　☐封面　☐故事內容　☐版面編排　☐價格　☐贈品

（可複選）　☐其他

不滿意的部份：☐書名　☐封面　☐故事內容　☐版面編排　☐價格　☐贈品

（可複選）　☐其他

您對本書以及典藏閣的建議＿＿＿＿＿＿＿＿＿＿＿＿＿＿＿＿＿＿＿＿＿＿＿＿

＿＿＿＿＿＿＿＿＿＿＿＿＿＿＿＿＿＿＿＿＿＿＿＿＿＿＿＿＿＿＿＿＿＿＿＿

＿＿＿＿＿＿＿＿＿＿＿＿＿＿＿＿＿＿＿＿＿＿＿＿＿＿＿＿＿＿＿＿＿＿＿＿

✌是否願意收到相關企業之電子報？☐是　☐否

✍**感謝您寶貴的意見**✍

✌From＿＿＿＿＿＿＿＿＿＿＿@＿＿＿＿＿＿＿＿＿＿＿＿＿＿＿＿

♦請務必填寫有效e-mail郵箱，以利通知相關訊息，謝謝♦

印刷品

$3.5
請貼
3.5元
郵票
不思議信箱
FUSIGI POST

235 新北市中和區中山路二段366巷10號10樓

華文網出版集團　收

（典藏閣－不思議工作室）